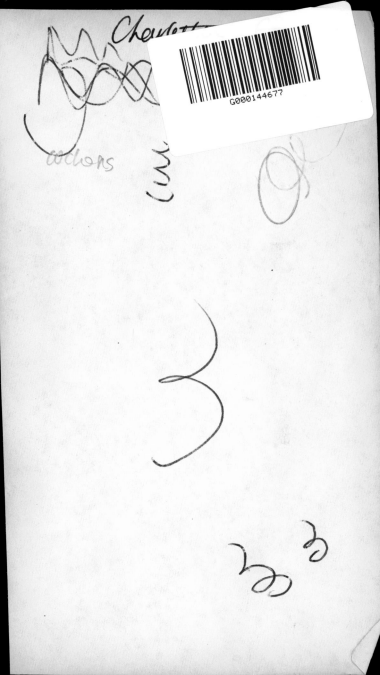

Eugène Dabit

L'Hôtel du Nord

Denoël

Eugène Dabit est né le 21 septembre 1898 à Mers-les-Bains. La famille habite en réalité à Paris où le père est alors « bandagiste », et la mère « éventailleuse ». Après avoir été apprenti ferronnier d'art puis mécanicien à la Compagnie Nord-Sud, il s'engage comme artilleur en 1916, découvre la lecture et son désir d'écrire. De 1918 à 1926, il se consacre à la peinture, dont il vit difficilement. C'est en 1926 qu'il écrit la première version de *Petit-Louis*. En 1927, il rencontre André Gide, puis en 1928 Roger Martin du Gard et Léopold Chauveau, écrit la première version de *L'Hôtel du Nord,* publié en 1929, et qui lui vaut le premier Prix populiste. *Petit-Louis* est publié en 1930. De 1930 à 1936, période de grande productivité littéraire, il assiste à des réunions d'intellectuels d'extrême gauche, où il retrouve Guéhenno, Malraux, Barbusse. Il adhère à l'Association des écrivains et artistes révolutionnaires (A.É.A.R.), puis, en juin 1936, il accompagne André Gide en URSS, où il meurt le 21 août.

Marcel Carné donnera la version cinématographique de *L'Hôtel du Nord* en 1938.

L'œuvre d'Eugène Dabit comporte cinq romans, des récits et nouvelles, une pièce de théâtre, des écrits sur l'art, des chroniques et des reportages et un *Journal intime (1928-1936).*

Désormais notre laideur même ne se voit pas. Rien qui distingue l'un de nous, le fasse reconnaître. Rien en lui qui arrête le regard, éveille l'attention et l'amour. Nous ne sommes même pas pittoresques. Nous ne sommes ni gentils ni touchants. Chacun de nous, pris à part, ferait un mauvais héros de roman. Il est banal et sa vie est banale. Elle n'échappe jamais à l'ordre comme d'une misère vulgaire.

JEAN GUÉHENNO *(Caliban parle)*.

Au Docteur G.-H. Moll van Charante.

I

Emile Lecouvreur tira sa montre, elle marquait 2 h 20. M. Mercier, marchand de fonds, lui avait donné rendez-vous sur le quai de Jemmapes, près du poste-vigie, pour 2 heures précises. Il chercha mentalement à excuser ce retard et dit à sa femme et à son fils qui s'impatientaient :

– C'est un type qui s'y connaît, on peut avoir confiance.

Il regarda d'un œil plein de convoitise l'Hôtel *du Nord* qui se dressait de l'autre côté de la rue.

Louise Lecouvreur proposa :

– Si on entrait? On dirait aux Goutay qu'on est les acheteurs. De ce temps-là, M. Mercier sera peut-être arrivé.

– Le voilà justement! fit Lecouvreur. Il tira sur ses manches et toucha gauchement sa casquette. Il avait conscience d'être à un moment décisif de sa vie. Il fut saisi par l'importance du personnage qui s'avançait.

M. Mercier n'eut aucune peine à expliquer son retard. Il l'attribua à une vente sur folle enchère, compliquée de « purge ». Lecouvreur hochait la tête avec gravité. Il devait, pensa-t-il, s'agir d'une maladie.

Ils traversèrent la rue, M. Mercier et Lecouvreur côte à côte, Louise suivant avec son fils Maurice. M. Mercier ouvrit la porte de l'hôtel; cérémonieusement il introduisit Louise Lecouvreur, qui, un feu aux joues, se tenait derrière son mari.

Philippe Goutay, au comptoir, rinçait des verres. On fit les présentations. Mme Goutay apparut sur le seuil de la cuisine. Elle s'excusa d'être surprise en souillon.

– J'étais après la vaisselle, dit-elle. Je cours changer de tablier et je vous suis.

La visite de l'hôtel commença. On accédait au premier étage par un escalier étroit et raide qui se coudait à mi-chemin pour ménager la percée d'une fenêtre. Sur le palier s'ouvrait un couloir desservant les chambres. La lumière arrivait d'une petite cour intérieure que le groupe franchit sur une passerelle, ensuite ce fut l'ombre dans le couloir.

Lecouvreur s'en inquiéta :

– Mais, dites-moi.... on se croirait dans un tunnel.

Tout était noir, impossible de lire sur les portes les numéros des chambres. M. Goutay fit observer qu'en février la nuit tombait vite. L'été, le couloir resplendissait. Il ajouta, magnifique :

— Du reste, l'électricité est partout..., et après une pause : même aux cabinets.

Les visiteurs marchaient à la file. Les portes, espacées de deux mètres en deux mètres, faisaient dans la nuit des taches d'un noir plus épais. Lecouvreur en compta treize, toutes à sa gauche. L'étage visité, ils revinrent sur leurs pas et gagnèrent le second. C'est alors que Louise Lecouvreur demanda à voir les chambres.

Mme Goutay, pincée, lui répondit :

— Bien sûr, Madame, bien sûr. C'est tout au grand jour ici... Philippe, tu as les clefs?

Au hasard, sembla-t-il, M. Goutay ouvrit une porte. La chambre était si petite qu'il n'y pouvait guère tenir qu'un visiteur à la fois. Ils y pénétrèrent tous les six, à tour de rôle. Louise Lecouvreur s'y attarda. Une lumière grise s'accrochait aux rideaux déchirés, un papier à fleurs déteint attristait les murs; le lit se trouvait serré entre une armoire de bois blanc et la table de toilette; dans un coin, près du seau hygiénique, traînait une paire de vieux souliers. L'exiguïté, le dénuement, l'odeur de ce lieu, créaient un malaise. Louise Lecouvreur se détourna. Ses compagnons avaient disparu. Elle les entendait bavarder dans le couloir; sans doute visitaient-ils d'autres chambres. Pour elle, celle-ci suffisait.

Emile Lecouvreur ne s'étonnait pas de cette indigence. Durant la guerre n'en avait-il pas vu d'autres; et les nuits dans les granges, ou même « à l'auberge de la belle étoile », comme il disait en riant. Il fallait aussi considérer le prix des chambres : à ce tarif-là, pouvait-on mieux offrir? D'ailleurs toutes ces salissures partout prouvaient bien que les locataires se souciaient peu de la propreté; cet inconfort ne devait guère les incommoder. Et puis, à quoi leur servaient ces chambres? A dormir, pas plus.

– Vous vous y habituerez, commença M. Goutay. Faut pas demander l'impossible. Ici, avec les usines du quartier, c'est de la bonne clientèle d'ouvriers, tous du monde honnête, payant bien. Ne faites jamais de crédit, c'est la mort dans notre commerce... La maison du dehors n'a rien de grandiose, bien sûr... faudrait un fameux coup de torchon. Mais que voulez-vous, par le temps qui court, il n'y a que les passes qui puissent payer le prix du crépi...

Il s'arrêta un moment et reprit :

– Ce n'est pas une hôtel de passes...

Les Lecouvreur dirent à l'unisson :

– Sûr, qu'on voudrait pas une hôtel de passes...

M. Goutay approuva :

– Pour ces messieurs-dames, c'est comme pour nous. Notez qu'avec les femmes on travaille, mais

16

qu'est-ce qu'on prend comme ennuis, pour un oui ou pour un non, la police fourrage dans vos papiers! Rien de ça ici! Avec l'ouvrier, quelques jeunes filles et au troisième les ménages, sans gosses bien entendu, c'est une vraie famille... Ah! j'oubliais, il y a aussi de vieux locataires qui finiront leurs jours dans l'hôtel. Il baissa la voix :

– Des cochons, des malheurs de clients qu'on ne peut pas augmenter.

Le groupe atteignit le troisième étage. Une verrière y puisait à plein ciel la lumière. Sur ce palier, on avait installé une fontaine et les cabinets. Le couloir était assez clair. Au bruit que firent les visiteurs, des portes s'entrebâillèrent.

– Les ménages! expliqua Mme Goutay.

Lecouvreur suivit M. Goutay dans un grenier qui servait de débarras. Les deux hommes examinèrent les combles et se hissèrent sur le toit. De là, reliés par une fine passerelle, on découvrait les quais de Jemmapes et de Valmy. Des camions chargés de sables suivaient les berges. Au fil du canal, des péniches glissaient, lentes et gonflées comme du bétail.

Lecouvreur, que ces choses laissaient d'ordinaire insensible, poussa un cri :

– Ah! quelle vue! Ce que vous êtes bien situés!...

Puis il ajouta :

– Je suis un vieux Parisien, mais voyez-vous, je

17

ne connaissais pas ce coin-là. On se croirait au bord de la mer.

Il s'était arrêté près d'une cheminée et réfléchissait. Un pli barrait son front et donnait du poids à son visage, à ses petits yeux fureteurs. Des fumées tournoyaient dans le soir; vers le faubourg du Temple de gros nuages couvraient le ciel. La rumeur de Paris montait de toutes parts comme une exhortation confuse. Soudain il se décida, il fallait à tout prix acheter cet hôtel.

— Si vous voulez descendre visiter le logement, lui dit M. Goutay.

Mais une lassitude l'envahissait. Parvenu au bas de l'escalier, il sentit une émotion indéfinissable lui serrer la gorge. Quelque chose de trouble poignait son cœur, la pensée des adieux prochains, des abandons, et, devant ces lieux étrangers encore, un mélange de détresse et de confiance, un goût de péril et d'aventures si violent qu'il en était oppressé. Non, vraiment, il n'avait plus la force de continuer la visite. Du reste la nuit tombait, les clients commençaient à rentrer. Il valait mieux ne pas éveiller leur curiosité avant que ne fussent conclus les accords définitifs.

Il promit au marchand de fonds de donner le lendemain sa réponse pour oui ou pour non. Et il fut heureux de venir s'appuyer au comptoir quand M. Goutay proposa de se rafraîchir.

II

Tout en regagnant leur logis, les Lecouvreur commentent les événements de la journée.

– De vrais Auvergnats ces Goutay, remarque Louise. Ils n'ont rien à envier au désordre de leurs locataires. Elle, je te parierais qu'elle passe son temps à faire des manilles avec les clients. Son ménage, tu as vu ça? La boîte à ordures en plein milieu de la cuisine. Et la couleur de l'essuie-verres sur le comptoir. Ça ne m'engageait pas à boire, moi! Les chambres aussi sont bien négligées, mais avec un coup de torchon et un peu de goût, on pourrait en tirer quelque chose de coquet. Tiens, veux-tu que je te dise, Mme Goutay picole! Elle a une gueule de bois qui ne me revient pas!

Lecouvreur marche en silence. Le bavardage de sa femme confirme ses propres impressions. Cet accord lui semble, pour leur projet, un gage de réussite. Autrefois, lorsque après bien des palabres, son beau-frère, commerçant enrichi, lui a proposé d'avancer l'argent pour l'achat d'un petit hôtel, Louise, devant les risques d'un avenir incertain, n'a pas caché ses appréhensions. Une décision aussi aventureuse rebutait sa prudence et sa simplicité d'ouvrière. Pour elle, le bonheur, c'était de vivre avec les siens sans chômage ni maladie. On allait acheter un fonds. Et puis après? Ni elle ni Emile ne connaissaient le métier d'hôtelier. N'était-ce pas tenter la destinée, demander plus que la vie ne peut offrir? On n'a jamais été patrons, observait-elle.

Lecouvreur a tenu bon. Et voici qu'elle se rassure depuis que le projet prend corps. Elle se laisse aller à l'espoir, à la confiance. Ne se voit-elle pas, lavant, astiquant, mettant « une petite cretonne » dans les chambres? Un monde vierge s'offre à elle, une chance, enfin, d'embellir ses jours, de fixer sa vie...

Lecouvreur, très résolu, ne s'exalte pas. Mais qu'il a plaisir à sentir l'animation de sa femme! Il lui sourit et l'encourage d'un mot ou d'une simple pression de bras tandis que mentalement il suppute quels avantages il tirera des huit années de bail. De temps à autre, il se penche sur son fils et, d'une voix que le bonheur fait trembler :

– Je crois que ce sera une belle affaire, Maurice!...

Ils descendent le boulevard Barbès. Ils s'avancent de front sur cet asphalte qui est leur sol natal.

De front, unis, et le monde s'ouvre devant leurs espérances. Leurs yeux luisent. Qu'il fait bon vivre un soir comme celui-ci, à l'heure où s'allument les réverbères, les rampes électriques et les enseignes et les devantures chatoyantes. Tout est oublié des anciennes rigueurs... Louise s'imagine déjà devant les soldes de *La Maison Dorée*, les doigts pris dans les flots d'étoffe. Elle s'arrête, les battements de son cœur la bouleversent. Lecouvreur, lui, voudrait confier sa joie à tous. Il ne va pas se mettre à chanter, à courir sur le trottoir, à serrer sa femme dans ses bras.

Il s'écrie :

– On dîne au restaurant !

Cette décision imprévue les enchante. Mais où iront-ils ? Leur enthousiasme est troublé par une timidité dont ils ne peuvent se défendre. D'abord, peureusement, ils mesurent les prix à l'éclat des enseignes, puis ils sacrifient la prudence à l'ardeur qui les soulève.

Lecouvreur, décidé, pousse la porte d'un « bouillon ». Ils entrent dans une salle où trois lustres répandent une lumière aveuglante. Ils s'installent à une petite table. Sur la nappe d'un blanc glacé, les verres et l'argenterie-imitation resplendissent. Ce luxe les intimide. Un garçon leur présente le menu, attend leurs ordres.

Louise lit à voix haute la liste des mets, dans ses yeux passe une lueur de convoitise.

– Allons, ma petite, décide-toi, dit Lecouvreur.

– Eh, je ne sais pas... On prend de la soupe? des entrées? Ah! tiens, choisis!...

Chez elle, Louise cuisine parce qu'il le faut bien; c'est la dernière corvée après que le travail est fini. Mais ce restaurant ressemble à un conte de fées... On n'y calme pas seulement sa faim, on y apaise les gourmandises d'une année.

– Garçon, trois cervelles! commande enfin Lecouvreur.

Il déplie sa serviette. D'une voix mâle que sa femme ne lui connaît pas :

– Qu'est-ce que vous boirez? du blanc, du rouge?

– Je veux du cidre, s'écrie Maurice.

– Moi, un peu de blanc, demande Louise.

Ils mangent en silence, avec une sorte de ferveur. L'abondance du repas comble leurs sens et surprend leur esprit...

Après le dessert, le café. Lecouvreur appelle Maurice « Toto » comme jadis. Il regarde affectueusement sa femme dont le visage toujours grave et un peu triste s'est adouci.

– Voilà une journée qu'on n'oubliera jamais, dit-il. C'est comme le jour de l'amnistie... Il baisse la voix : Va falloir mettre ton frère au courant, Louise...

Mais les clients se retirent, on peut converser à l'aise. Les Lecouvreur s'affermissent dans leur résolution. Le garçon de salle, en éteignant un lustre, leur rappelle la réalité.

— Si on finissait la soirée au théâtre? propose Maurice.

Lecouvreur secoue la tête.

— Mieux vaut rentrer. Faut être dispos demain...

Ils marchent doucement, un peu engourdis par la chaleur du repas. Il tombe une pluie fine; les rues sont désertes; mais pour eux la nuit est triomphale et complice de leurs rêves. Ils traversent la place Jules-Joffrin. Voici l'église Notre-Dame de Clignancourt; en face, la mairie où les Lecouvreur se sont mariés. Comme c'est loin, tout ça, et depuis quel chemin parcouru!

— Tu te rappelles? murmura Louise qui s'appuie tendrement sur le bras de son mari.

Elle est transportée de confiance. Cette visite de l'Hôtel *du Nord* se prolonge mystérieusement en elle. Elle n'avait jamais imaginé un pareil milieu. Peut-être est-elle appelée à d'étranges rencontres? Bah! toute vie mérite qu'on s'y attache. Et l'inconnu n'est pas sans attraits ni profits. Ont-ils été assez méprisés parce qu'ils logeaient sous les toits; on les croyait pauvres, sans relations. « Tout va changer », pense-t-elle.

III

Lecouvreur s'éveilla après un bien beau rêve. A peine était-il installé quai de Jemmapes que son hôtel devenait trop petit pour la clientèle. On surélevait la maison. Une foule de curieux s'y précipitait; du toit, on avait vue sur la mer...

Lecouvreur se leva en souriant de ces heureux présages. Il aurait aimé les confier à sa femme, mais elle dormait. Il fit sa toilette et sortit son costume neuf de l'armoire; il se sentait dispos, plein d'assurance. La nuit lui avait porté conseil. C'était OUI!

A 9 heures, il arrivait chez le marchand de fonds.

Un honnête homme, Mercier. Heureusement, car Lecouvreur ne comprenait pas grand-chose aux papiers qu'on lui donnait à lire. L'acte de vente lui semblait obscur, compliqué, un vrai grimoire avec ses 14 articles. Il n'osait bouger ni demander trop d'explications, encore moins lever les yeux sur le bureau dont les murs, encombrés de dossiers, l'impressionnaient.

Il se passa la main sur le front comme pour chasser l'angoisse qui lui serrait la tête. Il était en sueur. Quelques phrases difficiles bouillonnaient dans son cerveau. Tout aurait été si simple sans ces paperasses. Enfin, désemparé, piteux, il consentit à tout.

M. Mercier se leva et lui tapa sur l'épaule :

— Vous voilà propriétaire... Une mine d'or, cette maison...

— Vous croyez? fit Lecouvreur. Je ne voudrais pas manger l'argent de mon beau-frère.

L'importance de son acte le bouleversait. Il tournait nerveusement sa casquette entre ses doigts.

M. Mercier sourit.

— Avant huit ans, vous serez rentier... Il lui serra la main : A ce soir, chez Goutay.

Lecouvreur, rassuré, se rendit au Marais, dans le quartier où il avait travaillé longtemps comme cocher-livreur. Il voulait revoir ses amis.

Il entra chez plusieurs marchands de vin et raconta, en enjolivant un peu, son aventure aux camarades. On l'entourait, on le félicitait. Il avait bien mérité cette bonne fortune!

Sa journée se passa en libations et en adieux. A 8 heures, il retrouvait sa femme et son fils chez les

Goutay qui donnaient un dîner pour fêter la signature de l'acte de vente.

Les Goutay avaient réuni deux tables au fond de la boutique. Sur la nappe blanche s'alignaient des assiettes, des plats, des hors-d'œuvre, sans parler des bouteilles depuis le « porto » jusqu'au « vieux bourgogne ». Au centre de la table fumait déjà la soupière.

Les invités arrivèrent. On s'assit. Goutay versa son porto.

— Buvez-moi ça, vous m'en donnerez des nouvelles! Il fit claquer sa langue, leva son verre : — A la vôtre!

Ensuite chacun baissa le nez sur son potage et l'on n'entendit plus qu'un bruit de cuillères. Après les hors-d'œuvre, Goutay emplit les verres d'un vin du « pays » dont il vantait le bouquet en clignant de l'œil. On parlait déjà d'affaires, naturellement. Soudain, M. Mercier dit d'un ton péremptoire :

— Laissons ça de côté, ce n'est plus l'heure.

Au dessert, Goutay, la face hilare, fit sauter le bouchon d'une bouteille de « mousseux ».

— On vous vide votre cave, souffla Lecouvreur, très touché de cet accueil. Le repas trop copieux, le bourgogne, les libations de la journée, tout contribuait à l'attendrir. Il se leva, son verre à la main.

— A la santé de nos successeurs!

– Non, non! interrompit M. Mercier, c'est pas ça. Vous êtes le patron maintenant.

Lecouvreur chercha à se reprendre, mais tout le monde riait et il se rassit. Des clients, attirés par le bruit, avaient peu à peu envahi la boutique.

– C'est la noce! fit une voix à l'accent méridional.

– Oui, monsieur Pluche, répliqua Goutay. Approchez tous que je vous présente à nos remplaçants.

Il y avait là Mimar, le père Louis, Pélican, le père Deborger, Dagot, des « vieux » de l'Hôtel *du Nord*, et Latouche le camionneur voisin.

Goutay les présenta un à un, puis avec une pirouette qui amusa, il dit :

– Je régale d'une tournée générale, les gars!

Il n'avait pas fini d'étonner son monde. Il était un brin pompette lorsqu'il proposa à sa femme de danser la bourrée. Les chaises rangées dans la cuisine, les tables poussées contre les murs, Marthe Goutay et son mari glissèrent sur le carrelage et battirent de lourds entrechats.

Goutay s'accompagnait en chantant. Les spectateurs frappaient dans leurs mains, se tordaient de rire. Quel bon bougre, ce patron-là!

M. Mercier, Louise et son frère, bavardaient dans un coin. Lecouvreur passait d'un groupe à un autre groupe, trinquait, cherchait à inspirer confiance à ses futurs clients et regardait autour de lui avec un plaisir attendri. Comme tout le monde était sympathique! Dans la fumée qui assombrissait le café, il voyait se dérouler ses rêves d'avenir.

Goutay jeta un coup d'œil sur la pendule.

— Une heure, diable! dit-il en cessant de danser. Pas le moment de se faire dresser une contravention. Va falloir fermer boutique.

Dix minutes plus tard, les Lecouvreur quittaient leurs amis et traversaient le canal sur la passerelle. Ils s'arrêtèrent un instant pour regarder l'Hôtel *du Nord*. On ne pouvait pas en voir grand-chose à cette heure-là. A peine si un réverbère permettait de distinguer les fenêtres du premier étage; le reste se perdait dans la nuit.

Louise sentit mourir la confiance qui jusqu'alors l'avait tenue joyeuse. C'est dans cette maison qu'ils allaient vivre... Elle tourna la tête et frissonna. Le canal était désert, à côté d'eux l'eau tombait d'une écluse avec un bruit sinistre. Elle se serra contre son mari.

— Oh! Emile, rentrons vite!

IV

A quelques jours de là, les Lecouvreur emménagèrent. Ils placèrent leurs meubles au petit bonheur dans l'arrière-boutique. Louise se chargerait plus tard d'apporter de l'ordre...

La cuisine, éclairée d'un vitrage, prolongeait le café; elle se terminait par un triangle où trouvaient place le placard au linge sale et celui de la boîte à ordures. Puis s'ouvrait une chambre carrée, haute de plafond, aux murs nus percés de deux fenêtres. Sous la montée de l'escalier avait été ménagé un réduit obscur, sans autre jour qu'une porte vitrée, le Bureau. Il contenait une chaise, le tableau d'éclairage et le lit de fer du portier.

Les Lecouvreur, habitués à vivre à l'étroit, ne dissimulaient pas leur satisfaction de ce logement.

– Vous pouvez vous estimer heureux, disait Mme Goutay. Bien des commerçants sont mal logés. L'ouvrier ne s'en doute pas, il croit que tout est rose pour nous. Eh bien, non, le métier de commerçant n'est pas si rose que ça... Je ne veux pas vous décourager, mais c'est la vérité. Faut être à la disposition de tous, rendre des services, écouter les cancans. Sans ça, le client vous lâche. Jamais tranquilles, toujours à la merci d'un homme saoul. Quant aux dimanches, ici, bernique!

Les Lecouvreur n'écoutaient pas ce bavardage. En eux couvait l'impatience du paysan qui va prendre possession d'un bien longtemps convoité.

Lecouvreur avait noué un tablier bleu sur son ventre, retroussé ses manches de chemise, enfoncé sa casquette sur les yeux pour en imposer davantage. M. Goutay, près du comptoir, le mettait au courant. Ils inventoriaient les apéritifs : l'amourette, le junod, l'anis del oso qui remplacent l'absinthe d'avant-guerre; le byrrh, le quinquina, le dubonnet, boissons inoffensives; le vermouth, l'amer, le cinzano, et tant d'autres flacons dont l'éclat bariolé amusait l'œil avant de tenter la soif.

Quittances en main, M. Goutay donnait des adresses de fournisseurs; puis dans un verre à apéritif, avec de l'eau, il indiquait la proportion des « mélanges » ainsi que la façon de faire un « faux-col », c'est-à-dire de ne pas emplir le verre jusqu'aux bords.

Il était quatre heures, tout le monde travaillait et la boutique était vide. Soudain, la porte s'ouvrit, un homme entra en coup de vent :

– Un vin rouge!

M. Goutay mit un verre sur le comptoir et passa le litre à Lecouvreur. Il le regarda verser.

– 50 centimes, dit-il.

Mais il ne toucha pas la pièce laissée par le client. Ce fut Lecouvreur qui la ramassa et la glissa dans la caisse avec un contentement intérieur.

D'autres clients arrivèrent. Lecouvreur les servait puis essuyait le zinc du comptoir avec une lavette, rinçait les verres dans un bassin d'eau courante, vérifiant leur limpidité d'un clin d'œil :

– Mon vieux, vous vous en lasserez, remarquait M. Goutay.

Allons donc! Il semblait à Lecouvreur qu'il avait toute sa vie fait ce métier-là. Il rayonnait, la réalisation de son rêve l'emplissait de confiance. Il lui arrivait bien parfois de commettre une maladresse : briser un verre, confondre les apéritifs, mais M. Goutay le consolait en riant : Profits et pertes, disait-il.

Ce « Changement de propriétaire » qu'annonçait une bande de calicot posée à la devanture révolutionnait l'hôtel. Les locataires défilaient au comptoir. Ils s'étonnaient d'y trouver Lecouvreur déjà en fonctions. Le visage de M. Goutay s'éclairait d'un bon sourire. Familier, il posa la main sur l'épaule de son protégé et d'une voix persuasive :

– Vous verrez, les gars, c'est un as! Il faisait

signe à Louise d'approcher. – On ne vous mangera pas! Puis la présentait.

La glace était rompue. Lecouvreur serrait des mains, versait les consommations avec un zèle d'apprenti et se mêlait aux conversations qui déviaient sur la politique comme dans tous les cafés. Et il n'était pas surpris si les clients, quand il leur servait à boire, le traitaient à la blague « d'empoisonneur ».

Coude à coude, derrière le comptoir, M. Goutay disait à Louise :

– Vous voyez, ce sera comme ça tous les jours.

V

Renée Levesque vivait à l'hôtel en compagnie d'un ouvrier serrurier, Pierre Trimault. C'était une fille de campagne, blonde et grassette, aux yeux bleus indécis, aux pommettes piquées de son. Mollement accoudée à la fenêtre, des jours entiers elle suivait du regard les péniches qui glissaient aussi lentes que ses pensées. Elle songeait aux premiers temps de sa liaison. Trimault travaillait alors à Coulommiers; elle l'avait connu dans un bal. Ils étaient sortis ensemble. Bientôt, séduite par les promesses de son galant, elle débarquait avec lui quai de Jemmapes, ne possédant pour tout bien qu'une valise d'osier et des souvenirs d'orpheline...

Chaque soir, Renée allait attendre Trimault à la porte de l'atelier. Elle n'existait plus que pour ces rendez-vous et s'y préparait avec une coquetterie naïve. Elle arrivait toujours trop tôt; elle devait faire les cent pas sur le trottoir de l'usine. Enfin, son amant paraissait, ils s'embrassaient à pleine bouche.

— Pierre, on rentre à pied, chuchotait Renée.

Il lui passait un bras autour de la taille et la laissait jaboter. Ils musardaient aux étalages des magasins, s'arrêtaient aux carrefours pour écouter la chanson en vogue. C'est ainsi que Renée fit la découverte de Paris.

Les premiers mois, le samedi, Trimault la conduisait au cinéma. Mais c'était un homme bilieux, despotique, qui se déprenait de ses conquêtes. La pauvre était sans malice et quand Trimault eut bien usé d'elle, un matin, après une scène :

— Ma petite, j'en ai marre de t'entretenir!

Renée avait 22 ans. Elle n'était ni belle ni laide, ses joues rebondies sentaient encore la campagne. Sa jeunesse avait été malheureuse et soumise. Trimault se montrait égoïste. Soit, elle travaillerait pour lui plaire.

Elle s'engageait dans la vie sans avoir souci du bien ni du mal. Elle admirait les femmes qu'elle croisait dans la rue. Les unes surgissaient devant elle parées comme des idoles, les autres, quelquefois de très jeunes filles, se glissaient au milieu des hommes avec un sourire provocant et elle enviait leur hardiesse. Elle prit honte de son teint hâlé et se poudra, elle se mit du rouge aux lèvres et sa bouche se dessina comme un beau fruit sur lequel elle passait sa langue. Elle consultait avidement les catalogues des magasins; parfois, avant d'aller chercher Pierre, elle faisait un petit tour au *Printemps* ou aux *Galeries*. Sa robe des dimanches lui semblait bien laide...

Maladroite à plaire, elle tenait à son amant qui lui avait révélé sa beauté. Par un obscur besoin de s'émerveiller, elle restait devant l'armoire à glace à s'éblouir de son visage. Elle inventait de nouvelles coiffures, et chaque jour se fardait un peu plus. Son corps lui causait des surprises. Elle aimait à le comparer aux nudités des cartes postales qu'elle volait dans les poches de Trimault. Ces rapprochements l'exaltaient puis lui inspiraient une jalousie torturante. Le travail imposé par Pierre, c'était, elle le sentait bien, leur amour qui déclinait. Elle se rhabillait, plongée dans ses pensées, sans un regard vers la glace.

« Les Lecouvreur cherchent une bonne, se disait-elle. Je pourrais peut-être faire l'affaire. C'est Pierre qui serait content... »

La besogne de l'hôtel ne l'effrayait pas. A l'orphelinat, elle avait appris à coudre, à faire le ménage. Pour elle, l'essentiel était que Pierre lui restât.

Ce matin-là, le café était vide, Lecouvreur essuyait des verres au comptoir. Renée poussa la porte, et le cœur battant, s'avança.

– Bonjour, lui dit le patron. Vous venez boire quelque chose?

Elle secoua la tête et balbutia :

– Vous avez besoin d'une bonne?...

– Oui. Mais ma femme n'est pas là. C'est elle que ça regarde...

Renée soupira, elle tremblait de voir repousser sa demande. Quelle autre place pouvait-elle espérer? Elle s'assit. Enfin la patronne arriva.

– Mademoiselle voudrait entrer à notre service, expliqua Lecouvreur.

Louise regarda sa locataire. Dans les premiers jours elle méprisait les filles qui, là-haut, vivaient en ménage, mais elle était devenue moins sévère. Renée ne lui déplaisait pas parce qu'elle entretenait soigneusement sa chambre.

– Je veux bien vous prendre, dit-elle. Nous donnons 250 par mois, nourrie, blanchie, plus le pourboire des locataires... Pour le travail, vous vous y ferez vite avec un peu de tête. Je ne demande pas l'impossible.

Renée n'entendait plus. Elle songeait, ce soir, à la surprise de Trimault. Elle se jetterait à son cou. Non! elle attendrait son baiser. Elle lui dirait : « Devine! » et déjà elle imaginait sa curiosité. C'est qu'il n'était pas facile à satisfaire! Enfin, elle ne pourrait pas longtemps lui cacher la surprise, elle finirait par avouer...

Louise la tira de son rêve :

– Vous commencez tout de suite, hein? Je monte avec vous dans les chambres... Prenez le balai et le seau. Pour aujourd'hui, je vous prêterai un vieux tablier.

A midi, Renée déjeuna à la table des Lecouvreur. Des clients s'en étonnèrent.

– C'est votre bonne, madame la patronne? Vous en avez de la chance, vous n'avez pas été loin pour la trouver.

Renée écoutait; le bonheur empourprait ses joues. Un sentiment d'orgueil, de sécurité, jusqu'alors, inconnu, l'envahissait.

Elle remonta travailler et la journée s'écoula vite. A 6 heures, elle gagna sa chambre. Elle mit sa belle robe, s'accouda à la fenêtre et attendit Trimault.

Il lui semblait qu'elle avait soulevé des tas de matelas, balayé des kilomètres de plancher. Des numéros dansaient dans sa tête. Elle était encore toute surprise de la variété des chambres qu'elle avait visitées. Elle trouvait sa besogne plus douce que celle de la ferme. Là-bas, lorsque le soir venait, elle n'avait rien à espérer, qu'un silence engourdissant, et il lui eût fallu parcourir plusieurs kilomètres pour aller à un bal. Au contraire, quai de Jemmapes, les réverbères s'allumaient et mêlaient leur éclat à celui des devantures; des hommes rentraient du travail en fredonnant; on entendait crier, en bas, dans la boutique.

Une fièvre brûlait Renée. Elle voyait se dérouler ses projets d'avenir. Pierre l'épouserait... Que fait-il, murmura-t-elle. Il avait dû s'attarder au café et il arriverait en grognant d'avoir dépensé ses sous. Mais elle lui pardonnait ses défauts, puisqu'il l'avait choisie, elle, parmi tant d'autres femmes.

Elle rêvassait, quand soudain Pierre ouvrit la porte :

– Qu'est-ce que tu fous là, dans le noir?

Il alluma l'électricité, jeta sa casquette et tomba sur une chaise.

– Tu te fiches de moi, maintenant. Je dois t'attendre à la sortie de l'usine, dit-il d'un ton rogue.

Renée réprima un sourire. Elle s'approcha de Trimault, lui entoura le cou de ses bras nus; des baisers gonflaient ses lèvres. « Pierre, chuchota-t-elle... » Mais il la repoussa. Elle n'y tint plus et s'écria :

– Pierre, je travaille!...

– C'est pas trop tôt, répondit-il sans rien laisser paraître de son plaisir.

Il pensa aux agréments d'une vie plus facile et laissa Renée s'asseoir sur ses genoux. Il lui passait distraitement ses mains noires dans les cheveux et elle, tête renversée, fermait les yeux de bonheur. Quelques minutes plus tard, comme il avait faim et qu'aujourd'hui on pouvait se payer un extra, il lui dit :

– Allons, habille-toi, on dîne à la *Chope des Singes*.

Et gaiement enlacés, ils descendirent au restaurant.

VI

Le père Louis, Mimar et Marius Pluche, étaient grands joueurs de cartes. D'interminables manilles servaient de prétexte pour boire. Pluche montrait de la hardiesse dans le choix des consommations. Tandis qu'on distribuait les cartes, il inspectait du regard les bouteilles alignées derrière le comptoir. Les nouvelles étiquettes allumaient dans ses yeux des convoitises d'enfant. Il déchiffrait : chambéry-fraisette.

– Hé, Mimar! Tu paies un chambéry-fraisette?

Mimar, entêté dans ses habitudes, grommelait :

– Les nouveautés, ça ne me dit rien. Moi, j'en reste au pernod.

Il inscrivait les gains sur une ardoise, et, chaque fois qu'il avait fini ses additions, avec une solennité rituelle, il crachait dans la sciure qui couvrait le carrelage.

Lecouvreur, qu'ils obligeaient à jouer avec eux, se levait dès qu'il pouvait, pour remplir les verres. Ce jeu l'excédait. Toujours les mêmes discussions, les uns qui en tiennent pour « l'amer », les autres pour « l'anis », celui-ci qui est « unitaire », celui-là qui est « cégétiste », et tout ça vociféré comme si le sort du monde devait en dépendre.

Pendant qu'il jouait, Louise, au comptoir, servait les clients.

Le père Deborger commandait un bordeaux rouge, Dagot un vieux bourgogne. Constant, le typographe, exposait les raisons pour lesquelles il avait lâché sa maîtresse, à Benoît, un armurier :

— Une salope! répétait-il, ponctuant ces mots de coups de poing sur le « zinc ».

Auprès du poêle s'installaient Volovitch et sa femme, ancienne pupille de l'Assistance. Le mari, grand blessé de guerre, commandait un café nature, sa femme un café rhum; les jours de paie, ils buvaient tous deux un grog carabiné.

Vers 11 heures, la porte claquait et entrait en chantonnant Gustave, le pâtissier. Il était toujours ivre, prêt à débiter des histoires surchargées comme des rêves.

— Voilà Tatave! s'écriait Mimar. Il posait ses cartes. — Paie-nous une tournée!

Gustave obéissait. Tout le monde trinquait, puis montait se coucher.

... Le samedi, les manilleurs s'acharnaient. Aux

approches de minuit, Lecouvreur qui bâillait regardait ostensiblement la pendule. Il allait d'une table à l'autre, faisant sur les mises des remarques machinales et se raidissant contre la fatigue. Le désir de se libérer de ses dettes lui donnait du courage. Que de petits verres à verser encore avant d'acquitter le dernier « billet de fonds ». Venait enfin le moment d'avertir les clients de l'heure tardive. Certains, endiablés avec leurs cartes et peu pressés de retrouver une chambre froide, se faisaient tirer l'oreille. Il fallait, en les ménageant, les pousser dehors.

La clientèle s'en allait. Un brouillard bleuissait la salle qui semblait avoir été le théâtre d'une rixe; des flaques brillaient sur les tables, les verres poissaient aux doigts. Lecouvreur ouvrait à deux battants la porte du café sur la pureté de la nuit. Il la buvait longuement comme une haleine fraîche, plus plaisante à sa bouche que la fumée des pipes et des alcools. Mais parfois, trop las, le cœur lourd et l'esprit craintif, il n'avait plus qu'un désir : faire les comptes de la journée. C'était une grave et laborieuse opération qu'il recommençait pour mieux se convaincre de l'excellence de ses affaires. Enfin, il inscrivait le chiffre de la recette sur un cahier à tranches rouges dont le contact, chaque fois, lui faisait battre le cœur.

Lecouvreur couchait dans le bureau. Au-dessus de sa tête était posé un tableau électrique avec les fusibles, l'horlogerie du compteur, une lampe-témoin pour chaque chambre; à sa gauche, se trouvait une poire pour ouvrir automatiquement la porte de l'hôtel.

Les clients rentraient à toute heure. C'était leur droit. A quel point Lecouvreur pouvait en souffrir! Il s'étendait, fermait les yeux, quand une clameur furieuse le tirait de son assoupissement :

– Nom de Dieu! Qu'est-ce que vous fabriquez? Ouvrez!

Il saisissait la poire machinalement, quelquefois une minute s'écoulait avant qu'il la rencontrât. Le client entrait en annonçant son numéro; son ombre s'inscrivait sur la porte vitrée. Au-dessus de lui, Lecouvreur entendait un pas lourd achopper sur les marches de l'escalier. Il glissait son bras sous le traversin.

– Pan, pan!...

Une autre vache de locataire arrivait. Plongé dans un demi-sommeil, il ne ménageait plus ses expressions. Il avait cependant conscience de son devoir.

Le samedi, la rentrée se faisait lentement. Impossible de dormir. Des clients ivres, ne trouvant plus la sonnerie, frappaient du pied contre la porte avec des appels pâteux. En chemise, Lecouvreur se levait et allait ouvrir.

– Tâchez de ne pas vous tromper de chambre, grognait-il.

Il regardait la pendule : 2 heures du matin, faisait une petite ronde dans la boutique que les becs de gaz du canal éclairaient faiblement. Des ombres parfois s'attardaient devant le café, dessinant sur les vitres des angles et des courbes fantastiques : des rôdeurs, peut-être, les boulevards extérieurs n'étaient pas loin! Il soulevait un rideau. Non, les trottoirs restaient déserts. En face, brillait le réverbère du poste-vigie portant un écriteau rouge que Lecouvreur appréhendait de retrouver dans ses rêves : *Secours aux Noyés!*

Tout n'était que silence, repos, autour de lui, dans ces quarante chambres où tant de vies précaires avaient pris refuge. Il regagnait son lit, secouait la sciure collée à ses pieds nus, et, recru de fatigue, il s'abandonnait au sommeil.

VII

A 5 heures, chaque matin, Dagot, qui est employé au service des ordures ménagères, tire Lecouvreur de son anéantissement. Un premier appel reste sans réponse. Dagot continue :

– Cordon, s'il vous plaît! Puis, énervé : – La porte, bon Dieu!

D'un geste aveugle, Lecouvreur saisit le cordon. Le sentiment d'un cauchemar qui se précise finit par l'éveiller tout à fait. Il se met sur son séant, bâille et se tâte peureusement. C'est l'instant plein d'aigreur où il lui faut oublier sa fatigue. Comment trouver le repos dans un sommeil dépourvu d'abandon et de confiance? A guetter les bruits du soir jusqu'à l'aube, une torpeur appesantit les membres. Le front est lourd, l'échine endolorie. Lecouvreur se lève cependant. Il enfile ses vêtements raidis par le froid, puis il passe une serviette humide sur son visage fripé de sommeil.

Il n'a pas fini d'attacher ses bretelles que déjà il

prépare le café. Il apporte à la toilette du « perco »
tous les soins qu'il marchande à la sienne. Et je te
frotte, et je t'astique! Voilà qui fait reprendre
conscience et donne goût à la vie. Le « perco »
rayonne comme un phare. Dans ses flancs, l'eau
bouillonne, une vapeur embaumée s'en échappe.
Tout est prêt. Les locataires partiront au travail
avec un bon « jus » dans le ventre.

Il est temps d'ouvrir la boutique. Voici paraître
le père Louis, un ouvrier maçon ratatiné et goi-
treux. Que le ciel soit pur ou chargé, l'aube sereine
ou venteuse, il se campe sur le seuil du débit en
attendant son café-rhum et regarde longuement
l'horizon :

– Je crois que pour aujourd'hui, ce sera du beau
temps!

– Ah! tant mieux, répond Lecouvreur, on en a
soupé de l'hiver.

Une lumière terreuse éclaire la boutique. Maintenant, les clients arrivent à la file. Tous pressés, ils
avalent debout le café brûlant.

– Ce que ça chauffe, patron, votre machin.

– Dame, ça vient d'être fait!

La plupart, pour se dégourdir, corsent le jus
d'un petit rhum ou d'un cognac. Ils ont quitté leur
chambre à la hâte et c'est devant le comptoir qu'ils
achèvent de se vêtir. Mal rasés, à peine lavés, leur
visage transi a la couleur du petit jour. Le sommeil
altère leurs voix et fait battre leurs paupières. C'est

46

avec des malédictions, des « putains de métier »
qu'ils sortent de leurs rêves. Parfois ils tombent
assis sur une chaise, ils s'étirent; un destin monotone les accable.

– Vivement ce soir, qu'on se couche!

Existences machinales irrévocablement rivées à
des tâches sans grandeur. Il y a là des gens de tous
métiers. Quelques employés, un comptable, des
garçons de salle, des électriciens, deux imprimeurs;
et tous les ouvriers du bâtiment, terrassiers, plâ-
triers, maçons, charpentiers, de quoi refaire Paris
si un tremblement de terre venait à le détruire. A
7 heures, ils ont tous disparu.

Un peu plus tard, de jeunes femmes apportent
une animation nouvelle. Des ouvrières qui travaillent aux peausseries et filatures du quartier, des
vendeuses, des dactylos. Elles commandent un
café-crème qu'elles boivent à petites gorgées. Tout
en grignotant une brioche, elles se regardent dans
les glaces du comptoir, puis elles se maquillent
avant de gagner la rue.

Louise les observe sans bienveillance :

« Toutes des fricoteuses! pense-t-elle. Elles
feraient mieux de se laver que de se mettre de la
poudre de riz! » Quand la dernière est partie, elle
ouvre toute grande la porte du café et, comme son
mari s'étonne :

– Ça empeste ici!...

Dehors le quartier s'éveille. Les boueux ramassent à grands coups de pelle les ordures amoncelées à la lisière des trottoirs, les commerçants installent leurs éventaires, on entend monter le rideau métallique de la *Chope des Singes*.

Avant de gagner les chambres, Renée vide le poêle et balaie la boutique dont le carrelage est déjà souillé de mégots ou de crachats. Deux vieilles blanchisseuses qui travaillent au bateau-lavoir du quai de Valmy, la Berthe et la Félicie, commandent un petit marc pour « passer l'hiver sans crevasses ». Bientôt après arrivent les cochers de chez Latouche. Tous bons diables, mais gueulards! Les plus jeunes posent aux gars « affranchis » avec leur pantalon à patte d'éléphant, leur foulard tordu sur leur nuque rasée. L'un d'eux, Marcel, un beau gaillard qui fréquente les « rings », arbore comme un pavillon un jersey de sport et fume du tabac de luxe. A l'entendre, l'odeur du tabac anglais fait pâmer les femmes. Avec un accent traînard de Parisien, il se vante de ses conquêtes. Renée l'écoute, appuyée sur son balai, la bouche entr'ouverte, le regard perdu. Pourtant lorsqu'il vient lui pincer la taille, elle pousse un cri.

Louise, sans méchanceté, intervient :

– Dites donc, grand dégoûtant, on n'est pas au bal... Ma parole, ils ont tous le diable au ventre, ce matin.

Plus âgés, les camionneurs se passionnent pour la bouteille. Leur tenue est négligée, leur voix grasse; presque tous deviennent brutaux. Ils nourrissent contre les chauffeurs une haine corporative, le perpétuel défi des trompes et des klaxons les rend fous, et, s'il arrive qu'une auto les dépasse dans une montée, ils font payer cher cette défaite à leur malheureux attelage. Ils finissent par avoir des démêlés avec la police, démêlés dont ils ne se soucient guère car Latouche paie les contraventions.

C'est un usage établi parmi eux de prolonger l'apéritif matinal jusqu'à l'apparition du patron. Le voici qui surgit sur le seuil, la moustache en bataille et le fouet à la main. Non que cet attribut soit le moins du monde symbolique; Latouche, par une exception singulière à la coutume, est un homme presque courtois qui remplace la brutalité par des phrases habiles.

En cinq minutes, il a rallié son personnel, distribué la besogne sans s'être accordé un apéritif, ce qui inspire aux Lecouvreur un mélange indécis de rancune et d'admiration.

De son poste, vitré comme un aquarium, Julot, l'éclusier, guette le départ des camionneurs. Est-ce le fait de vivre dans une loge ouverte à la rumeur du quartier qui lui donne l'humeur médisante d'une commère? Flatteur, verbeux, soufflant à pleine bouche la délation et le scandale, Julot appelle Louise Lecouvreur « ma tante » et son mari « Mimile ». Il gesticule sur le quai et gueule

49

d'un trottoir à l'autre, interpellant ses connaissances :

– Eh vieux! tu paies un verre!

Paré du prestige de ceux qui exercent une fonction publique, Julot est redouté des bateliers. Comme ces augures qui ne daignaient se montrer propices que lorsque sur leurs autels s'amoncelaient les offrandes, lui ne consent à ouvrir et à fermer ses vannes qu'après avoir touché de mystérieux péages, acquittés de plus ou moins bonne grâce par les mariniers, devant le comptoir de Lecouvreur :

– Cette fois, ce sera un blanc-vichy, Mimile. C'est le patron de la *Belle Rouennaise* qui régale!

Mais Julot connaît ses limites et sait le respect qu'il doit à sa profession. Son génie lui a inspiré une « combine ». Après entente avec Mimile, il totalise les tournées offertes durant la journée et, chaque soir, le litre sous le bras, il rentre à Pantin (où il habite), prendre une cuite dans son lit sans compromettre sa dignité.

... Enfin, la boutique est vide. Louise monte avec Renée faire les chambres du premier étage. Lecouvreur frotte au grès le zinc du comptoir, rince les verres, les essuie méticuleusement, les aligne sur les étagères : verres zébrés des apéritifs, verres à bordeaux, à liqueur, coupes pour la glace, les cerises et le mousseux. Maintenant, une joyeuse lumière éclaire le débit. Le soleil a exaucé le souhait du père Louis. Les verres et les bouteilles s'irisent de reflets, le comptoir, bien astiqué, s'illumine. Que tout cela est beau, encourageant! Lecouvreur remonte ses manches de chemise, secoue ses mains poissées d'une eau liquoreuse et regarde dans le zinc poli son visage dévié lui sourire à la renverse. Sa jubilation déborde, il caresse des yeux ses chaises, ses tables en « parfait état », les deux grandes banquettes couvertes de moleskine rouge. Du plafond jaillit un lustre à trois branches. Il ne manque plus qu'un billard!

Lecouvreur ne peut y tenir plus longtemps. Il traverse la rue pour embrasser d'un seul coup d'œil tout ce qu'il possède. Accoté contre une balustrade, l'essuie-verre autour du cou, le regard fixé sur le dernier étage de sa maison, il se recueille. L'an prochain, il fera faire la façade, repeindre l'enseigne; les murs du côté de chez Latouche auraient grand besoin d'un coup de crépi. La pluie y a tracé des sillons comme des rides humaines. Au premier, entre deux fenêtres, un écriteau d'avant-guerre attire l'attention :

CHAMBRES
complètement
MEUBLÉES A NEUF
avec armoire à glace
depuis 5 francs
la semaine.

Pas de blague! Il s'agit d'enlever ça. Cet automne, il faudra porter les chambres à 30 francs la semaine. Lecouvreur, les yeux fermés, se livre à des calculs :

— J'ai fait une bonne affaire, dit-il à voix haute.

Des camions remontent à grand fracas le quai de Jemmapes. Un souffle de vent balaie le canal. Lecouvreur aspire l'air avec délices. Une fenêtre ouverte laisse voir le va-et-vient de Renée dans la chambre N° 19.

« Une brave fille, et dure à l'ouvrage », pense-t-il en regagnant sa boutique.

VIII

Mimar avait l'allure pataude d'un paysan. Un homme têtu, borné, avare de ses sous, et selon les circonstances, obséquieux ou grossier. Comme tant d'autres, il était venu à Paris pour faire fortune, mais la chance ne lui avait pas souri. Depuis des années il travaillait à la gare du Nord, sans autre espoir, pour l'avenir, qu'une retraite. Son service de « porteur » l'obligeait, quinze jours par mois, à veiller; cette quinzaine-là, il avait de grandes journées de loisir.

Les fanfaronnades des jeunes gens qui couraient le guilledou l'amusaient. Ces gosses! il ne jalousait pas leurs prouesses. A son âge, on restait à l'affût dans l'hôtel. Depuis quinze ans qu'il logeait en meublé, il avait de l'expérience, il trouvait toujours moyen de faire des conquêtes.

Deux passions se partageaient sa vie : les cartes et les femmes. Il jouait à la manille avec les amis dès qu'il rentrait du « turbin ». Dans le quartier sa réputation de bon joueur était solide; on lui enviait son habileté et une chance de « cocu » qui lui permettait de boire à sa soif sans jamais débourser un sou. Son travail de porteur ne lui donnait aucun souci. Il était fier de ses succès chez les bistrots; tous les copains se le disputaient comme partenaire. Mais dès qu'il voyait passer un jupon, il lâchait les cartes.

Le destin l'avait gratifié d'un teint de tomate mûre; ses petits yeux clignotaient; son cou, trop court, s'enfonçait dans ses épaules. L'uniforme du chemin de fer ne l'avantageait pas. Mais il savait supporter patiemment les rebuffades ou les moqueries; avec une assurance de mâle obtus et sensuel il guettait la proie qu'il s'était choisie : son heure venait toujours!

Il ne s'attardait plus à poursuivre des pucelles. A ce petit jeu-là, des gars perdaient leur temps. Non, entre trente et cinquante, voilà les femmes qui lui convenaient, petites, boulottes ou efflanquées, blondes ou brunes, cuisinières, bonniches, balayeuses, ah! il n'y regardait pas de si près. Lui, en fait d'amour, ne comptait que la bagatelle! La laideur de ses maîtresses, leur linge douteux, leurs habitudes crapuleuses n'étaient pas pour l'intimider. Il se contentait des « laissées pour compte », comme ça il ne risquait pas de rencontrer un rival ni de se mettre un fil à la patte. Il se rasait et changeait de linge une fois par semaine et tous les jours de l'année portait, enfoncée sur les yeux, sa casquette graisseuse de cheminot.

Quand il était « de repos », il allait à l'affût. Il s'embusquait dans un renfoncement du couloir, sur le palier ou à la sortie des « water ». Il avait bien calculé son coup. La femme passait devant lui. Il sortait de l'ombre, il lui barrait la route : « Eh, la petite, on passe pas sans me donner un bécot. » Presque toujours il gagnait la partie. En avait-il ébauché des liaisons dans ces couloirs!

Si sa victime était mariée, le soir, dans la boutique, il invitait le mari à faire une manille. Le trio s'installait gaiement autour d'une table et, en grand seigneur, Mimar offrait une tournée. Il lorgnait sa voisine, la frôlait du coude, s'échauffait, enfin lui faisait du pied.

« Je n'ai pas de veine, ce soir », disait-il à son partenaire.

Mais il s'en foutait! Une odeur de femme, douceâtre, le grisait; des images obscènes lui brouillaient les yeux, une bouffée de sang lui montait au visage, et, ouvrant sa chemise, il découvrait son cou solide de porteur. « Malheureux au jeu, heureux en amour, » pensait-il.

La petite Volovitch s'est laissé séduire. Son époux est absent aujourd'hui, elle a donné à Mimar un rendez-vous. L'oreille collée à la porte, elle l'attend.

Il est dix heures. Mimar, en pantoufles, se glisse

silencieusement dans le couloir (faut se méfier des curieux ici). Arrivé devant le N° 3, il toussote. La porte s'ouvre.

Le 3, ça lui rappelle une autre aventure. Cette fois-là, sa maîtresse était une poissonnière, rouge et soufflée; l'inverse d'aujourd'hui, la Volovitch est plate comme une punaise. Mimar s'assied.

— Cette garce de Renée, grogne-t-il. Elle faisait celle qui balaie. J'ai dû m'enfermer aux water pour la dépister... Le jour où je pourrai la faire foutre dehors! (Renée a toujours repoussé ses avances.)

— Bois un coup en attendant, répond Mme Volovitch.

Elle lui tend un verre de vin rouge, puis les yeux brillants, s'assied sur ses genoux. Il la tripote, la pince, lui écrase la bouche de ses lèvres violettes. Soudain, elle s'échappe de ses bras pour aller tirer les doubles rideaux.

— Laisse donc, dit-il, personne peut nous voir.

Lui, le grand jour ne l'effraie pas. Il se lève, en bras de chemise, quitte ses bretelles pour être plus à l'aise. Il attrape la femme par la taille et vlan! la renverse sur les draps sales. Elle pousse de longs soupirs. Il lui pose sa main calleuse sur la bouche.

— Ferme ça, Renée travaille à côté.

... Mimar se relève, débraillé, le corps tout moulu. Il va à la fenêtre : des autos descendent le quai, en bas, chez Latouche, les cochers chargent leurs camions. Sa poitrine se dilate. « Je me la coule douce, moi, » grommelle-t-il en lançant un regard sur sa maîtresse.

Il s'approche de la table, saisit le litre de « rouge », et se sert une bonne rasade.

IX

Lecouvreur était encore un bleu dans le métier de bistrot. Il ne savait pas se débarrasser des raseurs qui le tapaient d'une tournée ni des ivrognes qui s'attardaient sur le « zinc ». Chaque soir, avant la fermeture, venait échouer chez lui un poivrot, cocher ou débardeur.

— Hé, mon brave. Faut aller se coucher.

— ... core un petit verre, patron.

Lecouvreur soupirait, remuait quelques chaises, tapait dans ses mains. Enfin, avec un geste de colère :

— Regardez l'heure, nom de Dieu ! Minuit !

Le poivrot, appuyé au comptoir, crachait sur le carrelage et continuait son soliloque. Lecouvreur qui craignait les histoires, changeait de tactique.

— Y a plus un chat, vous voyez bien. Allons, vous reviendrez demain matin.

Il poussait l'ivrogne dehors et fermait vite la

porte comme s'il venait d'échapper à un danger...

Lecouvreur buvait le moins possible. Quelques apéritifs suffisaient pour l'étourdir, lui enlever le goût du travail. Mais comment, sans faire injure à ses habitués et compromettre son commerce, refuser les tournées qu'on lui offrait? Il s'était bien fabriqué un breuvage inoffensif, à base de sirop; malheureusement les clients ne le laissaient pas tirer sa bouteille de sous le comptoir. Sur ce chapitre-là, ils ne plaisantaient pas. « On ne vous a pas invité à boire de la queue de cerise ni du pipi de rossignol. » Lecouvreur cédait en ronchonnant. Puis, à son tour, il lui fallait « remettre ça », et il s'exécutait sans entrain, à la surprise des clients. Ah! s'ils avaient été bistrots à sa place!

Les samedis, soirs de grande manille, Lecouvreur finissait, lui aussi, par s'enivrer. Louise s'attristait à le regarder boire, mais elle se taisait et pensait. « C'est le commerce! »

Elle ressassait toutes ses déceptions. La saleté de la maison lui soulevait le cœur. Elle nettoyait les chambres une à une, mais pour remédier aux négligences de Mme Goutay, il lui eût fallu une année de travail. Elle se sentait trop faible pour sa tâche et souffrait de ne plus être la ménagère ponctuelle, méticuleuse, d'autrefois. Elle avait à vaincre l'insouciance des locataires, qui ne méritaient d'ailleurs pas tant de peines et d'efforts.

Depuis deux mois, elle sentait un point doulou-
reux, à chaque aspiration. Elle ne se plaignait
jamais; tout le jour elle domptait sa souffrance.
Mais le soir, énervée par le sans-gêne des clients
qui s'installaient bruyamment dans la boutique,
elle se réfugiait au fond de la cuisine, et, vaincue,
se mordait les lèvres pour ne pas crier. Elle mettait
tout son orgueil, un orgueil de paysanne, à cacher
son mal.

... Un matin, comme elle lavait à genoux l'entrée de l'hôtel, un cri de douleur lui échappa. Elle
rentra en gémissant, tomba sur une chaise; lorsqu'elle respirait, son visage se tordait de souffrance.

Lecouvreur, affolé, lâcha son travail et courut
chercher le médecin.

Louise avait une pleurésie. Il fallut aussitôt lui
faire une ponction...

Etendue dans son lit, elle souffrait silencieusement. La maladie, qu'elle était impuissante à
combattre, s'emparait d'elle. De temps à autre, elle
regardait les murs nus, la fenêtre, où elle avait eu
le tort, songeait-elle, de ne pas poser de doubles
rideaux. Elle pensait à son ouvrage. Parfois, en
souriant, elle disait à son fils :

– Je ne me suis pas écoutée.

Une sorte de fierté animait son triste visage.
Lecouvreur s'échappait de la boutique pour lui
donner des nouvelles. Il fallait qu'elles fussent

bonnes, que l'ouvrage de Renée ne laissât pas à désirer. Rassurée, elle consentait alors à dormir quelques heures.

Au bout d'une semaine, elle songeait déjà à reprendre son travail. Dans cette lutte contre le désordre, l'usure, la poussière, jamais elle ne se ménageait.

Ces soucis la poursuivaient jusque dans son lit. Elle aimait que Renée vînt lui parler de la maison, parce que les hommes, pour les détails de ménage, ça n'y comprend rien. Renée la mettait au courant. Louise l'écoutait avec un plaisir secret, puis, comme un chef, dirigeait les opérations dont l'hôtel devait sortir remis à neuf.

— Vous avez changé les draps du 28, Renée? Ils étaient sales... Le 28, c'est un grand cochon... Demain faudra me lessiver les couloirs.

Son mari intervenait, mais elle lui coupait la parole.

— Laisse-nous. Avec moi, faut que tout marche à la baguette. Oh! si j'étais plus là...

Elle souriait. Des locataires venaient la voir; certains, même, apportaient des fleurs. Ces marques de sympathie la touchaient beaucoup.

Enfin, elle n'y tint plus. Elle se leva, en dépit du médecin qui voulait la « clouer » au lit, en dépit de l'angoisse de son mari qui, partagé entre la joie et la peur, ne se sentait pas la force de lui résister.

Louise examina la cuisine où les casseroles pendues brillaient dans l'ombre comme des planètes au fond d'un ciel. Par un geste, qui lui était habituel, elle passa la main sur les meubles pour y chercher de la poussière.

— C'est propre, dit-elle à Renée qui rougissait.

Quand elle entra dans la boutique, la lumière l'éblouit. Des consommateurs entouraient le comptoir. Elle les reconnut et leur serra la main comme à des amis.

Julot s'écria :

— Ah! ma tante, vous nous enterrerez tous!

Dans cette exclamation, elle retrouvait la couleur de ses anciennes habitudes. Derrière le comptoir, son mari et son fils lui souriaient. La rumeur vivante du canal lui semblait emporter sa maladie comme un mauvais rêve...

Elle patienta encore deux jours. Puis n'y tenant plus, elle recommença à faire les chambres avec Renée.

X

Un samedi de grand nettoyage, Renée, à genoux, lavait une chambre. Elle s'arrêtait de temps à autre pour souffler, puis, mollement, reprenait son travail.

– Ça n'a pas l'air d'aller, dit Louise.

Sa bonne se plaignait de maux de tête et de vertiges. Tout en époussetant les meubles, Louise la regarda du coin de l'œil. « Elle file un mauvais coton », pensa-t-elle.

Renée se redressa et voulut tirer le lit. Ses forces la trahirent, elle porta la main à son ventre avec un gémissement.

Louise s'inquiéta :

– Voyons, êtes-vous malade?

Renée ne répondit pas. Adossée au mur, elle baissait la tête. Brusquement, elle cacha son visage défait dans ses mains et se mit à sangloter.

Louise s'approcha. Elle avait les gestes simples et compréhensifs d'une mère. Mais Renée eut un mouvement de recul. Son tablier se dénoua. Alors, pour la première fois, Louise remarqua la taille informe de sa bonne. Leurs regards se croisèrent. Renée baissa les yeux.

Après un court silence, Louise murmura :

– Pourquoi vous cacher de moi? Ne craignez rien, je vous garderai ici. Et d'une voix affectueuse : N'ayez pas honte, ma petite, ces histoires-là arrivent... Je pense que Trimault va vous épouser?

Renée secoua la tête. Il s'agissait bien de mariage! Pierre ne l'aimait plus. Et pourtant, que n'avait-elle pas imaginé pour le séduire! Chaque soir, comme il était dégoûté du restaurant, elle lui faisait des chatteries. Une fine gueule, son Pierre! D'autres fois, elle lui offrait du vin chaud avec du citron ou bien elle descendait dans la boutique acheter du rhum pour lui préparer un grog. Il aimait prendre une « bonne cuite » l'hiver, avant de se coucher.

Elle l'avait rendu exigeant et difficile. La vie à deux use le cœur d'un homme. Pierre ne lui parlait plus jamais d'amour. Le dimanche, lorsqu'elle voulait sortir avec lui comme autrefois, il refusait pour aller jouer à la manille. Elle le regardait partir, les larmes aux yeux.

Elle gagnait bien sa vie et n'était pas à la charge de son amant. Au contraire, hormis quelques pourboires, elle lui donnait tous ses gages. Les soirs de paye, Pierre s'adoucissait. Elle venait s'asseoir sur ses genoux comme une gosse. Il devait prendre, dans son corsage, l'argent qu'elle lui destinait.

« Plus bas, plus bas », disait-elle avec un éclat de rire. Ça y est, tu brûles... C'est pour qui? »

Elle se jetait à son cou. « Pour mon Pierre! » Elle lui mordait les lèvres, le dévorait de baisers rapides, lui soufflait à l'oreille : « Je te mangerais. »

Trimault, un peu étourdi de ces transports, mettait l'argent dans sa poche puis rendait à Renée ses caresses. Il l'emportait, toute palpitante, sur le lit. Elle s'abandonnait à une sorte de mirage où les plaisirs de l'amour se liaient à ceux d'une vie régulière et douce.

L'argent filait et l'humeur de Trimault s'assombrissait vite. Renée attendait ses baisers comme une aumône. Mais il n'ouvrait la bouche que pour crier.

Chaque soir, il allait baguenauder avec des copains. Elle n'était pas jalouse de ses relations, et d'ailleurs elle ne pouvait pas l'empêcher de sortir. Elle restait dans sa chambre avec ses souvenirs; elle songeait à son amant, à leur vie commune où tout les séparait. Elle enviait les femmes mariées. Il lui manquait quelque chose à elle, l'âge, la fatigue creusaient déjà ses traits. Elle soupirait : « Je suis trop laide », regardait ses mains noires et crevassées. Enfin, après un dernier coup d'œil sur le « réveil », elle se couchait.

Un jour, elle se décida à faire comme Trimault, à garder pour elle le salaire de son travail. Ce fut une scène terrible.

– Grosse garce, cria Pierre, c'est comme ça que tu me remercies de t'avoir tirée du fumier!

Il la gifla, puis sortit en claquant la porte. Renée était habituée aux injures; elle accepta aussi les coups. « C'est la vie », se dit-elle.

Trimault enragea quand il la sut enceinte. Ah! non! Ce n'est pas à son âge qu'on se laissait attacher un fil à la patte. Après tout, il ne l'avait pas eue vierge. S'il la lâchait?

Cette menace anéantissait ce qui restait de leur bonheur. La nuit, dans la chambre où tout lui rappelait un passé de discorde, Renée, inquiète, ne pouvait s'endormir. Son amant sommeillait. Elle sentait un abîme se creuser entre eux et un cri lui échappait, dans lequel elle mettait tout son cœur.

– Pierre, à quoi penses-tu? Parle-moi... Oh! tu ne m'aimes plus.

– Fous-moi la paix avec tes boniments. J'ai sommeil.

Il lui tournait le dos. Renée sanglotait et se cachait le visage dans l'oreiller. Comme emportées par un grand vent, ses illusions fuyaient une à une. Elle pensait à sa journée de travail, elle se voyait lavant les couloirs, changeant des draps et des serviettes sales, trimbalant des seaux dont le poids lui tirait le ventre. Jamais elle n'en finissait avec son ouvrage. Et lorsqu'elle avait le malheur de se plaindre, Trimault la rembarrait! Il se conduisait comme une brute, il était prêt à l'abandonner...

Un soir, il ne rentra pas. Anxieuse, Renée courut les bistrots du quartier. Les boutiques fermaient une à une. Des copains de Trimault s'offraient pour la consoler mais elle ne les écoutait pas. Elle monta le faubourg du Temple, revint sur ses pas, suivit le quai désert. Il pleuvait. Elle grelottait et se sentait mourir de tristesse. Elle rentra dans sa chambre et attendit son amant jusqu'au jour.

A sept heures, un homme vint la demander. Trimault était envoyé en province pour un travail urgent. Il réclamait sa valise.

— En aura-t-y pour longtemps? demanda Renée.

— Je ne sais pas, répondit l'homme. Grouillez-vous.

Elle prépara la valise. Ses mains se crispaient sur les vêtements. Elle respirait l'odeur de Trimault, elle le voyait dans ce costume... Quand elle eut achevé elle murmura :

— Dites-lui... qu'il peut revenir.

Puis, sans force, elle tomba sur le lit.

A quelques jours de là, dans le couloir, Renée rencontra Saquet, un jeune ouvrier mécanicien.

– Alors, ma petite Renée, vous voilà veuve. Il se pencha sur elle : On ne reste pas seule à ton âge...

Elle sentit passer sur son visage une haleine brûlante, des bras lui entourèrent la taille; elle renversa la tête et tout chavira.

Saquet ouvrit la porte de sa chambre, jeta un coup d'œil sur le couloir. Personne. Il entraîna Renée vers le lit.

XI

Le printemps est venu. Un dimanche, après avoir nettoyé sa boutique à grande eau, Lecouvreur, sentant les chaleurs proches, décide de « sortir la terrasse » : quatre tables rondes et huit chaises de jardin, qu'on aligne sur le trottoir, sous un grand store où on lit en lettres rouges : HOTEL-VINS-LIQUEURS.

Lecouvreur aime musarder dans le quartier, la cigarette au coin des lèvres. Une porte cochère sépare son hôtel de la *Chope des Singes*, une brasserie dont il admire en passant les tables de bois verni et les fauteuils de rotin, puis il traverse la rue de la Grange-aux-Belles pour jeter un coup d'œil sur les livres alignés à la devanture de la *Librairie du Travail*, des tas de bouquins, des brochures écarlates, au milieu desquels trône un portrait de Lénine. Lecouvreur ne fait point de politique. Il revient sur ses pas, regarde les photos sportives exposées à la devanture de *Chez Marius*, un Marseillais qui fabri-

69

que des chaussures sur mesure. Il salue Marcel, le coiffeur, Cerutti, un entrepreneur de peinture, et piane-piane arrive rue Bichat où il allume une nouvelle cigarette. Le temps de lancer un regard aux bistrots du coin pour se rendre compte si les affaires marchent et il continue sa route. Toujours la même promenade, tranquille, apaisante. Il longe l'hôpital Saint-Louis, « qui date de Jésus-Christ », puis il regagne le quai de Jemmapes.

Des pêcheurs sont installés sur les bords du canal, au bon endroit, à la hauteur du bateau-lavoir. Lecouvreur s'arrête. Il fait beau. Le spectacle est distrayant. Partout les marronniers fleurissent, de grands arbres qui semblent plantés là pour saluer les péniches. Des bateliers se démènent et parmi eux Julot s'égosille. Un peu plus haut, des montagnes de sable ou de meulière, des tas de charbon, des sacs de ciment, encombrent le quai. Des voitures traversent le pont tournant.

Ce décor d'usines, de garages, de fines passerelles, de tombereaux qu'on charge, toute cette activité du canal amuse Lecouvreur. Il reste là à bayer aux corneilles, à jouir de sa liberté et du bon soleil.

Il aperçoit Achille qui hale une péniche. Un numéro celui-là! Toujours saoul. « Y a un bon Dieu pour les ivrognes », pense Lecouvreur en suivant de l'œil la marche acrobatique d'Achille. « Jamais il ne tombera dans la flotte. »

Un square entoure l'écluse. Quand Lecouvreur en a assez des blanchisseuses et des pêcheurs à la ligne, il va s'y reposer. Il se sent bien à son aise. Derrière lui, s'élève le poste-vigie, pavillon cubique décoré d'un drapeau et d'une bouée de sauvetage. Il contemple un instant les péniches, propres et vernies, mais son regard revient toujours à la façade de son hôtel que dorent maintenant les rayons du soleil couchant.

Lecouvreur regagne alors sa boutique.

Par les beaux jours, les locataires de l'Hôtel *du Nord*, leur dîner expédié, descendent prendre le frais à la terrasse. Les huit chaises sont vite occupées. Bientôt Lecouvreur doit sortir tous les sièges de la boutique. Il va et vient, le seau à glace dans une main, une canette de bière dans l'autre, prêt à satisfaire les caprices de chaque client.

« Patron, un diabolo!

– Un vittel-cassis, Mimile! »

Il fait bon prendre un verre sur le trottoir après une longue journée de chaleur et de travail, quand le soleil s'est couché derrière les vieilles maisons du quai de Valmy et que, peu à peu, le roulement des voitures a fait place au bruit frais des écluses. Les réverbères s'allument, des amoureux s'étreignent dans le square, de vieilles femmes promènent leur chien. Les étoiles se reflètent dans l'eau sombre du canal; l'air fraîchit, un coup de vent qui vient des boulevards extérieurs apporte le murmure de la ville.

C'est à cette heure-là que Latouche fait atteler ses six voitures. Un homme crasseux, barbu, le « palefrin », apparaît, portant des bricoles. Il harnache les chevaux, les pousse dans les brancards. On sent que chaque geste lui coûte, que l'âge pèse sur ses épaules. Enfin les camionneurs grimpent sur leurs sièges et font claquer leurs fouets. Hop! en route pour les Halles.

Le palefrin demeure bras ballants à regarder les voitures franchir le pont. Puis il fait quelques pas vers l'hôtel.

« Fini, le boulot », dit un client.

Le palefrin ne semble pas avoir entendu. Il est vêtu de guenilles; une casquette enfoncée sur les yeux cache à moitié son visage. Les mains dans les poches, le chef branlant, il s'avance vers la terrasse et s'assied à l'écart.

On lui sert un « blanc-nature » et il reste là, indifférent, voûté, tenant son verre qu'il porte de temps à autre à ses lèvres sans que son visage exprime un plaisir quelconque.

En face, dans le square, des vagabonds s'étendent sur les bancs pour y passer la nuit. D'un œil morne, le palefrin suit leur manège. Enfin il se lève et regagne les écuries sans prêter attention à personne.

XII

Assis à la terrasse, les coudes sur la table, devant un bordeaux, le père Deborger regarde s'éloigner le palefrin. Cette démarche de vieillard, ces épaules voûtées : sa propre image.

Un geste de protestation lui échappe et il bredouille quelques mots. Non, il n'est pas tombé si bas, lui... N'empêche qu'on le tient à l'écart, qu'on le laisse seul avec ses souvenirs. Solitude qui l'étouffe. Dès qu'il ouvre la bouche : « Père Deborger, ça date de l'ancien temps, votre histoire ! »

Il pousse un soupir découragé. Son corps se tasse comme une masse de glaise; son visage aux chairs molles, aux traits inexpressifs et veules s'abêtit davantage encore. D'une main tremblante il porte le verre à ses lèvres; c'est un peu de chaleur qui se glisse dans ses veines. A la table voisine, des jeunes gens se vantent bruyamment de leurs aventures. Il les écoute... Il a été jeune, il a été un apprenti, lui aussi.

Il travaillait rue du Pas-de-la-Mule, chez un imprimeur. Dans ce temps-là, on faisait la journée de dix heures, fallait pas rechigner à l'ouvrage. A midi, il déjeunait au restaurant; il expédiait son repas pour aller fumer une cigarette sur un banc de la place des Vosges, avec son camarade Michel qui s'amusait à le faire rougir en lui parlant de femmes. Lui, à peine s'il osait lever les yeux pour regarder une jeune fille... C'était loin tout ça! L'apprentissage, la mort du père, le service... A son retour du régiment, il s'était fiancé. Une jolie fille, Marcelle. Il la rencontrait souvent rue de Belleville. Il ne se souvenait pas très bien comment ils avaient fait connaissance, mais un dimanche après-midi, ils étaient sortis ensemble, elle et lui...

Le père Deborger ferme les yeux. Il voit Marcelle dans l'herbe, les bras nus, le visage rayonnant de jeunesse.

... Il l'avait épousée. Chaque soir, il rentrait vite du travail, tremblant d'admiration, de reconnaissance. Puis un jour...

A ce souvenir, le père Deborger s'appuie plus lourdement sur la table. Aujourd'hui encore, le cœur lui fait mal et il ne comprend pas davantage pourquoi Marcelle l'a quitté.

... Sa vieille mère était venue habiter avec lui et les années s'étaient succédé, mornes, coupées de fêtes inutiles. Les copains l'avaient entraîné dans la politique; on faisait de « vrais » premier mai, alors. Enfin, un jour, il rencontrait Marie Dutertre.

Une jeune veuve. Elle servait dans le restaurant où il dînait depuis la mort de sa mère. Il aimait la retrouver, chaque soir. Une femme comme il lui en aurait fallu une, simple, dévouée. Il n'osait pas lui parler mariage. Il s'était enfin décidé et Marie Dutertre avait dit « oui ». Ils s'étaient mis en ménage, ils avaient cru, joyeusement, recommencer leur vie. Mais la même année, une fièvre typhoïde emportait Marie Dutertre.

Chaque dimanche, il allait fleurir la tombe où elle reposait. Seulement, les concessions ne durent que cinq ans; un jour, il avait trouvé la fosse ouverte et il ne restait plus rien de Marie... qu'un nom...

Les lèvres du père Deborger ont un tremblement : « Marie Dutertre. » Comme elle était bonne, courageuse! Il lui semble que cette mort date d'hier... Et l'autre, la Marcelle, qu'est-elle devenue? Où court-elle? Marcelle, Marie, sa mère... La vie... La vie... Non!

D'une tape sur l'épaule, Saquet l'arrache à ses souvenirs. « On pense à ses petites histoires, père Deborger. Voulez-vous boire quelque chose? »

Il accepte. La soirée s'éclaire enfin. « Patron, un petit bordeaux! » Il est heureux d'être délivré de sa solitude. Sagement appuyé sur sa canne, il regarde les autres jouer aux cartes. Parfois il se permet de donner son avis. « A votre place, Saquet, je demanderais la générale! »

Les joueurs l'applaudissent. Le vieux, quel culot! Malicieusement il cligne de l'œil. Il a traîné long-temps de meublé en meublé avant de se fixer à l'Hôtel *du Nord*. Il s'y trouve en famille. Les Lecouvreur sont aimables; quand manque un manilleur on l'appelle. De jeunes « typos » lui demandent comment on travaillait de son temps. Pour ça, sur son métier, il peut donner des conseils, bien qu'il ait lâché la partie. Actuellement, il est manutentionnaire : une place qui lui permet tout juste de gagner sa vie... Mais faut pas qu'il se plaigne, à soixante-cinq ans...

Le père Deborger regarde l'heure à sa montre. Il se fait tard et demain n'est pas jour de fête. Il voudrait cependant rester à sa place, sa canne bien calée entre les jambes, son mégot au coin des lèvres. Il est bien là... Seulement la terrasse est presque vide, le quai désert.

— On va fermer, dit Lecouvreur.

— Je me lève, patron.

Tiens, ses jambes sont molles, incapables de le porter. Le bordeaux, peut-être... Allons donc! S'il faut se priver de tout, alors autant crever. Il s'appuie sur sa canne et fait quelques pas.

— Attendez! Je vais vous ouvrir la porte de l'escalier, crie Lecouvreur.

– Vous dérangez pas. Je m'étais un peu engourdi...

Le père Deborger habite au deuxième. C'est haut. Il s'arrête souvent pour souffler. Enfin, sa chambre... Il pousse un soupir de soulagement. Mais il regrette la boutique lumineuse, la vie des autres qui l'aidait à s'oublier. Tout est silencieux dans l'hôtel. Si seulement il pouvait dormir, ne plus sentir ces douleurs qui lui tenaillent le corps. Bientôt, il n'aura même plus la force de gagner les quatre sous qu'il lui faut pour vivre. Et alors, quoi? L'Asile?...

XIII

Renée était au terme de sa grossesse. Les vêtements en désordre, les pieds nus dans de mauvaises
pantoufles, elle se traînait dans les couloirs de
l'hôtel. Son état faisait rire : « Renée, vous bou-
chez le passage! »

Les fortes chaleurs l'accablaient. Il ne lui restait
rien de sa santé resplendissante. Le moindre effort
faisait apparaître la sueur sur son visage. Le temps
était loin où, sans débrider, elle lavait les trois
étages de l'hôtel; à peine si elle pouvait finir ses
chambres aujourd'hui.

Souvent, vaincue par la fatigue, elle s'étendait
sur le lit d'un client et s'endormait. Sommeil
troublé de cauchemars et qui ne la reposait guère.
Lecouvreur l'a chassée, elle longe les bords du
canal avec son enfant dans les bras...

Le cri des cochers la réveillait brusquement.
« Faut que je me dépêche », balbutiait-elle. Mais,

les jambes pendantes, elle demeurait sur le bord du lit et bâillait; un goût de colle lui empoissait la bouche. Elle passait la main sur son visage pour écarter ses mauvais rêves. Son regard tombait sur le mur tapissé de cartes postales : des femmes nues, des photos comme celles qu'elle trouvait autrefois dans les poches de son amant.

Elle pensait à Trimault. Jamais il n'avait donné de ses nouvelles. Sans doute qu'il vivait maintenant avec une autre! C'était un faible. Elle se souvenait de lui sans jalousie, sans haine. Même, elle lui savait gré d'avoir été l'occasion de sa venue à Paris.

Un bruit de pas se faisait entendre. Elle ébauchait un mouvement pour se lever, mais elle retombait, sans volonté.

« Renée, où êtes-vous, nom de Dieu, avec les clés! »

Un ouvrier qui rentrait du travail. Déjà? Et les chambres pas balayées! S'il allait se plaindre au bureau?...

Elle retapait en hâte le lit, ramassait ses chiffons, son balai, puis soutenant son ventre, courait finir son ouvrage.

A six heures, ses chambres étaient faites; des clients grincheux pouvaient bien lui reprocher quelques négligences; l'essentiel était de contenter la patronne. Elle redescendait dans la boutique et quittait son tablier.

– Vous ne dînez pas? demandait Louise.

– Non, madame, je n'ai pas faim.

Elle se passait la main sur les yeux :

– J'ai surtout sommeil...

Aussi vite que son état le lui permettait, elle gagnait sa chambre. La splendeur des soirs d'été, les bruits joyeux qui montaient du canal la laissaient indifférente. Elle se jetait toute habillée sur son lit, enfonçait sa tête dans l'oreiller et fermait les yeux.

A minuit, des jeunes gens qui rentraient du cinéma frappaient contre sa porte.

« Renée! On couche ensemble? »

Elle se réveillait en sursaut, étonnée d'être vêtue, le corps endolori. Elle reconnaissait les voix. Il y avait le 24, le 16, le 17, des brutes auxquelles elle s'était donnée après l'abandon de Trimault. Elle avait honte et peur qu'on les entendît; elle se levait à tâtons, dans le noir.

Elle pensait à ces derniers mois. Saquet... puis les autres. Elle s'était laissée prendre à toutes les promesses, on avait profité de sa nonchalance. Elle se rappelait certains réveils où on la renvoyait comme une putain.

Une seule vraie sympathie dans la maison : celle de sa patronne. Louise la protégeait, la consolait, lui pardonnait ses fautes et Renée l'aimait dévotement.

Avant de s'endormir, Lecouvreur jette un regard sur le tableau électrique. Une bonne invention ces « lampes-témoins », on voit quels clients usent trop de lumière. Allons, tout le monde dort, on est tranquille jusqu'au petit jour.

Il ferme la « minuterie » et tire à lui les couvertures. Tiens, Renée qui allume. A une heure... Elle est folle!

« Si elle n'a pas éteint dans cinq minutes, pense Lecouvreur, je lui coupe le courant. »

Il a sommeil, mais il reste éveillé. Soudain, il se dresse, rageur. Non seulement Renée n'a pas encore éteint, mais voilà son voisin qui allume. Qu'est-ce qu'ils fabriquent, ces deux-là? Il va couper le courant puis rallumer à plusieurs reprises, « faire des appels », comme il dit.

Il n'a pas le temps. Une galopade ébranle l'escalier, on frappe à sa porte.

« Patron, grimpez vite! Renée accouche! »

Lecouvreur saute du lit. Tout de même, Renée aurait pu mieux choisir son heure. Là-haut c'est un remue-ménage, tout l'hôtel est déjà debout. « Ces imbéciles croyent qu'il y a le feu », grogne Lecouvreur en enfilant son pantalon.

Les locataires ont envahi la chambre de Renée. Ils font le cercle, et sans un mot, sans un geste, ils regardent la femme en travail. Lecouvreur s'approche. Lui aussi il hésite.

« Vous êtes sûre que c'est bien ça?... »

Sans répondre, Renée lève vers lui un visage contracté; elle est ivre d'effroi, de souffrance. Lecouvreur, perplexe, tourne la tête vers la porte. Pourquoi Louise ne vient-elle pas?

Elle arrive. « Faut la conduire à Saint-Louis, décide-t-elle. Aidez-moi... Bernard, vous allez donner un coup de main à mon mari. »

On sort Renée de son lit. On l'habille. Mais le moindre mouvement aggrave les douleurs. « Un peu de courage », dit Louise. Elle lui met son propre manteau sur les épaules.

« Maintenant, emmenez-la. » Et, se tournant vers son mari : « Tu me rapporteras le manteau. »

Renée jette un regard désespéré autour d'elle, ses yeux s'emplissent de larmes. Puis elle se laisse entraîner. On la tient sous les bras, on l'aide à descendre l'escalier marche à marche. Enfin, le grand air...

Sur le quai, pas un taxi en vue. Le groupe hésite.

« Allons à pied », commande Lecouvreur.

Ils suivent le canal désert. L'eau est noire; la plupart des réverbères sont éteints. Renée trébuche et gémit à chaque pas. Péniblement ils parcourent cinquante mètres. Dans un souffle, elle demande qu'on s'arrête.

Lecouvreur voudrait l'encourager. « Encore un petit effort », finit-il par dire.

Renée s'accroche à lui. Ils repartent. Une voiture les croise à toute vitesse; Bernard appelle mais la voiture ne s'arrête pas. Enfin, l'avenue Richerand : l'hôpital est au bout.

Renée ferme les yeux. Qu'ils sont loin les soirs où elle suivait le canal avec Trimault. Mais une douleur plus vive l'arrête, la plie en deux. Il lui semble qu'elle va mourir.

XIV

Lecouvreur, appuyé sur le comptoir, raconte à ses clients la sale nuit qu'il a passée. « Faudrait pas que ça soye comme ça tous les jours, grogne-t-il, j'ai pas fermé l'œil... J'en suis encore tout courbaturé. » Il étouffe un bâillement et s'assied sur son tabouret.

Soudain, on l'appelle du dehors : « Patron ! On repêche un macchab. Amenez-vous ! On sera aux premières ! »

Vite, Lecouvreur jette son tablier ; le père Deborger gardera la boutique. Des curieux sont déjà attroupés devant le bateau-lavoir. Aidés de longues gaffes, deux mariniers cherchent à attirer vers la rive une masse noire qui flotte à la surface de l'eau.

Lecouvreur n'a jamais vu de noyé : « C'est ça, leur macchab, pense-t-il. Ce paquet de vieux chiffons ? »

Julot, qui aide au repêchage, saute dans une

barque, donne quelques coups de rames vigoureux et saisit le noyé par un bras; il a une grimace; puis il empoigne une jambe, soulève le corps et le fait passer tout entier dans la barque.

« Tiens, c'est une poule », dit-il. Sa voix, renvoyée par l'eau, s'élève dans le silence.

Il reprend les rames, arrive au quai. Des bras se tendent pour l'aider. Lecouvreur s'est faufilé jusqu'au pied du brancard; on y dépose le cadavre ruisselant.

Un visage de femme, jeune, tuméfié, taché de vase, la bouche tordue, les yeux clos; des cheveux gluants comme de la filasse mouillée. La méchante robe noire colle à des membres grêles. Une jeune fille, peut-être? Les souliers bâillent; un bas, déchiré, découvre un peu de chair.

— Une suicidée? demanda quelqu'un.

— Dame! répond Julot. Oh! l'été, on en repêche tous les jours.

— Une gosse qu'on aura plaquée, murmure Lecouvreur. Il pense à Renée.

La vue de ce cadavre le rebute. Il se détourne, une chanson qu'on chante chez Latouche lui revient en tête :

> *La peau de son ven-tre*
> *Etait si ver-te*
> *Qu'on aurait dit des épinards.*

Deux hommes soulèvent le brancard. Lecouvreur suit. Au poste-vigie, une lumière d'aquarium l'impressionne. Murs grisâtres, percés d'une seule fenêtre; sur une étagère, des gants, des bottes de caoutchouc, des bocaux; contre la porte, une affiche : « Secours à donner en cas d'asphyxie »; dans un angle, deux réchauds à gaz. Il règne une odeur de vase et de phénol.

Lecouvreur, voûté, les bras ballants, considère le brancard posé à terre. Julot jette une toile d'emballage sur le cadavre.

« Rien à faire pour la ressusciter, cette gosse! »

Un à un, les curieux qui avaient envahi le poste sont partis. Lecouvreur sort le dernier, suivi de Julot.

— Y a pas de quoi se tourner les sangs, Mimile. Allons prendre un petit verre!

Devant le comptoir, Julot, débraillé, loquace, donne des détails sur son exploit.

— La môme, je croyait qu'elle allait se détacher en morceaux. Les membres lui tenaient plus au corps.

Il boit, fait claquer sa langue, et après un regard sur l'assistance.

— Elle devait barboter depuis huit jours entre les écluses, comme un sous-marin. Du sale travail, quoi!... Heureusement qu'on touche une prime!

Les bras tendus vers le canal, il ajoute :

– Il y en a de la vermine là-dedans... des chats, des chiens... des fœtus. Ça descend du bassin de la Villette avec les ordures ménagères.

– On me paierait pour manger une friture, observe Lecouvreur.

– Oh! le poisson n'est pas si mauvais. Y a deux ans, j'en ai ramassé plus de vingt livres, surtout de l'anguille. Vous savez quand on a vidé le bassin pour chercher les fuites? On en a sorti des bricoles de ce dépotoir! Des seaux, des godasses, de vieux pneus... même un lit cage! Fallait nous voir barboter là-dedans avec nos grandes bottes. On avait de la vase jusqu'aux genoux. Et l'odeur! Vous parlez d'une prise...

Puis, tout en roulant une cigarette :

– Ce qu'il faudrait, c'est récurer le canal. Si ça continue, on pourra bientôt plus naviguer. Sans compter que l'été, au soleil, toute cette pourriture... Ah! quand on fait que passer, bien sûr, on réfléchit pas à tout ça, on regarde les péniches. Ça amuse l'œil. Mais faut pas croire que tout soit rose pour les riverains...

– Si le canal pouvait parler, déclare alors un client. Il en connaît des histoires.

Julot a un mouvement d'épaules. « On s'y fait. » Il repose son verre vide.

– Salut, les gars! Reste encore à porter la gosse à la Morgue. Faut que j'aide à la glisser dans le fourgon.

Le soir est venu. Lecouvreur regarde devant lui le grand coude du canal; un bruit de cascade monte de l'écluse. Le souvenir de la noyée ne l'a guère quitté de tout l'après-midi. Il y songe encore ce soir. Il pense aussi à Renée.

– Je vais faire un tour, dit-il à sa femme.

Jamais il n'a eu la curiosité de se promener à la tombée du jour. Il traverse le pont-tournant et remonte le quai. L'eau est calme; les péniches, immobiles et pansues, sont allongées comme des bêtes.

Il va lentement. Il contourne un homme étendu, qui repose la tête appuyée sur un sac de ciment. Un « clochard ». L'asile du quai de Valmy est là-bas, sombre et nu comme une caserne. Des êtres marchent, les épaules repliées, la poitrine creuse, des vieux qui traînent, traînent leur existence comme le palefrin. Un à un, en courbant l'échine, ils franchissent la porte de l'Asile.

« Y sont tout de même mieux là dedans que sous les ponts », pense Lecouvreur.

Sur un tas de sable des amoureux se tiennent embrassés. Il surprend leurs baisers, leurs chucho-tements. Il s'arrête et pousse un soupir. Des rôdeurs le frôlent. On entend, de loin, le métro passer sur le viaduc dont les piliers se perdent dans l'ombre; des convois éblouissants rayent le ciel comme des comètes.

Lecouvreur se retourne. Il respire profondément l'odeur de son canal, tend l'oreille aux bruits troubles qui montent des rues. Les lumières clignotent. D'un coup d'œil il embrasse le quartier plongé dans la nuit et dont l'Hôtel *du Nord* lui semble être le centre. Puis il repart, à petits pas.

XV

Un petit homme, le vieux Charles, camionneur chez Latouche. Il marchait en sautillant, le corps tordu, la tête trop lourde, penchée sur l'épaule. Dans son visage chafouin où la peau, salie de poils, collait aux os, les yeux laissaient filtrer un regard sournois. Il tailladait lui-même sa moustache à « l'américaine ».

Ses vêtements lui flottaient autour du corps. Il portait, sur un pantalon à rayures, une vareuse militaire qui lui battait les genoux comme un manteau. Une paire de bandes molletières, les jours de pluie, lui étranglait les jambes.

Le vieux Charles venait de la campagne. Il aimait ce métier de camionneur, ces écuries, ce fumier dans la cour, qui lui rappelaient des fermes de la Beauce. Il avait son idée : faire chasser le palefrin et s'emparer de sa place. Aussi tournait-il autour du gros Latouche comme un moustique. Il le flattait et grimaçait pour lui sourire; jamais il ne buvait un verre chez Lecouvreur sans l'inviter. Idée fixe, désir de maniaque dans sa cervelle détraquée. Un beau jour, il arriva à ses fins : Latouche renvoya le palefrin.

Alors on vit le vieux Charles triomphant, les vêtements hérissés de paille, circuler du matin au soir dans la cour, agitant ses bras maigres et semant le désordre partout où il passait. Il interdisait l'entrée des écuries aux cochers qui cherchaient toujours à chiper une ration d'avoine supplémentaire pour leurs bêtes.

– Va t'occuper de ta bagnole, criait-il. Et laisse-moi soigner les chevaux à mon idée!

Du grenier, situé au rez-de-chaussée de l'hôtel, il allait aux écuries, le corps enfoui sous la paille qu'il transportait pour préparer la litière. Puis il tournait autour des bêtes, les effrayait par ses cris et ne perdait pas une occasion de leur allonger un coup de pied « en vache ».

« Hé, Mistoufle! Approche un peu. »

Une bonne bourrade. Le cheval regimbait.

« C'est comme ça? Sale carne. Attends tes côtes!... »

Il mordillait sa moustache et frappait plus fort. On eût dit qu'il avait une vengeance à assouvir. A l'abreuvoir, dès que les chevaux avaient bien commencé à boire, il les arrachait de là, et, brandissant son fouet, les reconduisait, assoiffés, aux écuries.

Il tirait vanité de sa place. Il était fier de tout,

de son « panama » qu'il enfonçait sur ses oreilles décollées, de son gilet blanc crasseux enguirlandé d'une chaîne qu'il tirait souvent pour regarder l'heure à sa « toquante ».

Il sautillait « Hop... Hop! »

– Dis donc, vieux Charles, tu vas à la noce! » criaient les cochers.

Il faisait une grimace, puis, comme les autres n'en finissaient plus avec leurs blagues, il leur tournait le dos et, furieux, entrait aux écuries. Il saisissait un fouet, se glissait près des chevaux avec des ruses de sauvage, et le visage frémissant de joie, il frappait.

Quand venait l'heure de déjeuner, le vieux Charles arrivait chez Lecouvreur. Louise, qui le méprisait, ne répondait pas à son salut : d'un mouvement de tête elle lui désignait un coin de table où il s'installait avec sa nourriture : une bonne miche de pain, un peu de charcuterie ou bien un « plat du jour ». Lecouvreur fournissait boisson et couvert.

Le vieux Charles sortait de sa poche un couteau à cran d'arrêt et commençait à manger. Sur le pouce, comme il disait, se servant de ses doigts plus que de la fourchette. A chaque repas, il vidait sa chopine. Lorsqu'il avait fini, il se curait les dents avec la pointe de son couteau ou bien, une vieille habitude campagnarde, il ramassait les miettes de pain éparses sur la table et les fourrait dans sa poche. Il admirait ses mains ornées de bagues de cuivre achetées à des camelots. Il fredonnait en se tortillant sur la banquette.

On lui demandait d'en « pousser une ». Il se croyait un talent de tragédien et ne se faisait pas prier. Planté au milieu de la boutique, il commençait déjà à rouler des yeux et lever les bras, quand Louise intervenait.

— Dites donc, on n'est pas à Charenton!

— Laissez-le, patronne, disaient des voix.

— Qu'il aille faire ses singeries chez Latouche!

Le vieux Charles, déconfit, quittait la boutique, regagnait ses écuries, faisait claquer son fouet et tempêtait :

« Fumiers! Bandes de carnes! »

On entendait alors le bruit sourd des chevaux qui frappaient leur bat-flanc.

Un soir, Lecouvreur s'apprêtait à fermer boutique, quand un homme franchit le seuil. « Un poivrot, pensa-t-il, je vais l'expédier en vitesse. »

— Un rouge, patron!

Lecouvreur sursauta; il connaissait cette voix. Il hésita un instant. Le palefrin! Vrai, il ne l'aurait pas reconnu! Une barbe rude lui embroussaillait le visage et jamais ses vêtements n'avaient été si misérables.

— Qu'est-ce que vous devenez? demanda Lecouvreur en lui tendant la main.

Le palefrin rejeta en arrière sa casquette boueuse.

– Rien, patron.

Il haussa les épaules, prit son verre et but lentement comme autrefois.

Lecouvreur l'observait. Ce visage ravagé, ces yeux tristes et doux... Déjà le palefrin portait la main à sa poche.

– C'est ma tournée, dit Lecouvreur.

L'homme remercia d'un geste. Il finit son verre et sortit, après un mouvement machinal pour remonter son pantalon.

Lecouvreur vint jusqu'à la porte et le regarda s'éloigner. Le palefrin suivait le quai de Jemmapes d'un pas traînant et balancé de trimardeur. Lecouvreur le perdit de vue, jeta un coup d'œil sur la pendule et commença, plus lentement que de coutume, à « rentrer sa terrasse ».

XVI

Son enfant dans les bras, Renée arriva à proxi-
mité de l'Hôtel *du Nord*. Il était neuf heures. De
loin, elle contempla la façade de l'hôtel, puis elle
s'approcha et risqua un coup d'œil par-dessus les
brise-bise du café : Julot et Mimar s'appuyaient
sur le comptoir, le patron rinçait des verres; une
femme de ménage balayait la boutique.

Son cœur battit; personne ne l'attendait si tôt!
Elle hésita, regarda autour d'elle comme pour
reprendre courage et se décida à pousser la
porte.

Julot, le premier, s'exclama : « Tiens, Renée
avec son môme. »

Lecouvreur, surpris, posa sur le comptoir le
verre qu'il essuyait. Renée s'avança.

– Vous avez quitté l'hôpital? dit-il.

Malgré sa fatigue, elle trouva la force de sourire
et de serrer ces mains qui se tendaient; puis elle
tomba sur la banquette.

– Voulez-vous prendre un vinéraire? proposa Lecouvreur, ça vous remettra d'aplomb.

Elle refusa d'un signe de tête. Elle tenait son enfant sur les genoux, comme un poids, et était encore malhabile à manier ce petit corps.

– Un garçon? demanda Julot.

Il voulut soulever les voiles qui enveloppaient le bébé, mais elle eut un mouvement de recul.

Son séjour à Saint-Louis l'avait déshabituée des hommes!

Elle suivait d'un œil inquiet le va-et-vient de la femme de ménage : une étrangère en train de lui souffler sa place.

L'arrivée de la patronne, son accueil cordial, dissipèrent les craintes de Renée, Louise lui prit l'enfant.

– Comment l'appelez-vous?

– Pierre...

Elle se tut. Louise s'était penchée sur l'enfant et pouponnait déjà comme une grand-mère. « Il est beau, murmura-t-elle. C'est vrai qu'il ressemble à Trimault. »

– Patronne, on peut voir! cria Mimar.

– Non. Fichez le camp! Vous allez me l'asphyxier, ce gosse, avec vos cigarettes... Allons par là, dit-elle à Renée, en l'entraînant dans l'arrière-boutique.

– Vous comptez le nourrir ou bien le mettre en

96

nourrice? interrogea Louise. Il ne demande qu'à venir, ce bébé.

Renée essuya une larme; elle était trop lasse pour s'expliquer.

– Oui, oui, faut le mettre en nourrice, continua Louise. Il sera mieux à la campagne qu'à Paris.

Renée avait une confiance aveugle en sa patronne. Elle hocha la tête. Louise lui rendit son enfant.

– Et vous, tâchez d'être sérieuse, hein? Elle ajouta gentiment : « Pour aujourd'hui, ne vous occupez de rien. Montez vous reposer. »

Renée gagna sa chambre. Là, elle se retrouvait chez elle. Mais que de pénibles souvenirs l'y attendaient. Elle fit un effort pour les chasser, posa son enfant sur le lit et tira les doubles rideaux. Grâce aux soins de sa patronne tout était bien en ordre.

Le petit continuait à dormir. Elle le contempla quelques minutes. Un flot de tendresse l'étouffait, elle oubliait les mauvais jours qu'elle avait connus dans cette chambre pour ne plus penser qu'à son enfant.

Le lendemain, elle reprit courageusement son travail. Quand elle était libre, elle se renseignait dans le quartier pour trouver une nourrice.

On lui indiqua une paysanne qui habitait en Seine-et-Marne et qui se chargea de l'enfant.

Alors, commença pour Renée une nouvelle existence. Elle vivait seule comme autrefois. Mais maintenant toutes ses pensées étaient pour son Pierre, tous ses baisers pour la photo prise le jour où elle s'était séparée de lui. Sur une fourrure, l'enfant, à demi-nu, étalait son petit corps grassouillet. Une belle photo! Il ne lui restait rien de pareil de ses anciennes amours. Les jeunes gens avaient beau rôder autour d'elle, tous les hommes la dégoûtaient.

Louise la fortifiait dans ses bonnes résolutions.

– Prenez garde, Renée. Les clients sont des cochons! Ils chercheront toujours à abuser de vous.

– Je sais bien. Mais ils perdent leur temps, maintenant que j'ai mon petit...

Sa grande joie était de recevoir des lettres de la nourrice ou de lui écrire. Le soir, tranquille au fond de l'arrière-boutique, elle faisait sa correspondance. Ses mains étaient gonflées par le travail et le porte-plume lui glissait des doigts. Elle s'appliquait, cependant :

« Je préfère encore tenir mon balai », avouait-elle.

Louise lui dictait ce qu'il fallait écrire. « Mettez : on vous enverra du petit linge et un colis la semaine prochaine. »

« Oui, disait Renée. J'ai le temps, d'ici là, de finir mes langes. »

Sa patronne, penchée sur elle, lui indiquait l'orthographe et, docile, elle écrivait.

Ensuite, elle prenait sa boîte à ouvrage et, l'esprit calme et la chair délivrée de tout désir, elle s'asseyait pour coudre auprès de Louise qui lisait le « feuilleton ». De temps à autre, des éclats de voix lui faisaient lever la tête.

« C'est ce grand fou de Kenel qui raconte des histoires », murmurait-elle.

Elle ne se sentait pas la curiosité de les entendre et se replongeait dans sa couture. Elle était heureuse; elle vivait en famille avec les Lecouvreur. Depuis des années elle n'avait pas connu pareil apaisement.

A 10 heures, elle quittait la boutique pour monter à sa chambre. Une chambre accueillante et rajeunie d'étoffes et de dentelles (encore une idée de sa patronne, cette transformation). Vraiment, elle éprouvait du plaisir à avoir un « chez elle », à s'endormir dans des draps frais après un dernier regard sur la photo du gosse...

Les jours glissaient sans ternir son bonheur. Elle travaillait une chanson aux lèvres. Jamais elle n'avait été si active; ses chambres étaient bien tenues, l'escalier et les couloirs luisants de propreté; les clients étaient contents de son ouvrage, elle recevait de bons pourboires.

Une aubaine, cet argent, car ses mois passaient tout entiers à payer la nourrice. Bientôt elle eut une petite somme et put s'acheter du linge, des vêtements. Tantôt un corsage de couleur criarde ou une « combinaison », tantôt une robe à volants ou un chapeau enrubanné.

« Vous avez bien les goûts de la campagne », disait la patronne, quand Renée déballait ses achats.

Mais elle était fière de ses acquisitions qu'elle rangeait soigneusement dans l'armoire. « Pour plus tard, pensait-elle, quand j'aurai repris le petit avec moi. »

XVII

Un samedi soir, Louise, tentée par un « billet de faveur », partit pour le théâtre. Bernard, un jeune électricien qui habitait l'hôtel depuis quelques mois, décida de mettre à profit l'absence de la patronne pour « tomber » la bonne, comme il s'en était vanté auprès des copains. Il s'embusqua dans le couloir et patiemment attendit.

Renée n'avait jamais été si appétissante : dans le calme d'une vie saine, elle s'épanouissait. Quand elle parut, Bernard surgit devant elle, et avant qu'elle eût poussé un cri, il lui disait d'une voix suave :

— N'ayez pas peur. Je venais vous inviter à aller au ciné !... »

— Merci, Bernard. Vous êtes bien aimable. Mais j'ai de l'ouvrage pour demain et je rentre me coucher.

— En voilà une idée, fit-il, déçu. Votre patronne, est-ce qu'elle se refuse un plaisir ?

– Oh! elle sort presque jamais.

– Mais vous n'avez pas son âge. N'empêche que ce soir elle est au théâtre. Tenez, on reviendra tôt. On joue *Le Mystère de la Tour Eiffel* à Tivoli... Allons, laissez-vous faire.

Depuis longtemps Renée n'avait pas été au cinéma. Sa patronne était absente; ce soir, elle s'embêtait un peu.

– Tivoli? C'est bien loin.

– Loin? Je vous porterai, dit Bernard qui la sentait faiblir.

Elle hésitait. Après tout, c'était une occasion d'étrenner ses vêtements.

– Attendez-moi... Le temps que je m'habille.

– Si vous avez besoin que je vous aide? proposa-t-il en dissimulant un sourire.

Il alluma une cigarette. Lorsqu'il la vit reparaître, il s'écria :

– Mince! Vous êtes bien frusquée!

Arrivés à Tivoli, Bernard décida de prendre des loges. « Pour être de face », expliqua-t-il. En réalité, c'était pour être seul avec elle. On les fit entrer sans attendre et les gens qui faisaient la queue au guichet des « secondes » les regardaient passer. Dans sa robe neuve Renée se redressait, rouge de plaisir; le linge soyeux qu'elle portait lui caressait la peau.

La salle était bruyante et déjà bleuie par la fumée des cigarettes. Renée, aveuglée par la lumière, eut l'impression que de nombreux spectateurs l'observaient. Bernard lui paya des berlingots. Brusquement, la salle fut plongée dans les ténèbres.

— Est-ce que vous voyez bien, Renée? demanda Bernard.

Elle le sentit qui se penchait. Il s'était parfumé. Elle lui dit :

— Vous embaumez.

— J'ai un copain qui travaille chez Houbigant, expliqua-t-il. Même, si ça vous fait plaisir, je peux vous avoir un litre d'eau de Cologne à prix coûtant.

Renée ne répondit rien. L'offre lui était agréable. Un gentil garçon, Bernard. Tout de même, il la frôlait de près et cette familiarité lui était presque pénible.

Soudain il chuchota : « Ça ne vous dit rien, ça? »

Sur l'écran, deux amoureux s'embrassaient à pleine bouche. Elle eut un petit rire gêné. Il lui passa le bras autour de la taille. Elle le laissa faire. Dans la salle, tant d'autres hommes en faisaient autant. On s'embrassait dans la loge voisine.

— Ils se paient du bon temps, ceux d'à côté, lui dit Bernard.

Alors il s'enhardit jusqu'à vouloir la caresser mais elle le repoussa.

— Si vous continuez, je m'en vais.

Tandis qu'elle se taisait, à la fois troublée et inquiète, il cherchait une autre « combine ». Il se mit à raconter sa vie, à se plaindre de sa solitude.

– Et vous, d'être toujours seule, vous ne vous ennuyez pas? Vos patrons, c'est tout de même pas une société!

Elle se taisait toujours.

– C'est vrai qu'avec Trimault, vous étiez mal tombée, fit-il tendrement. Puis d'une voix qu'il cherchait à rendre persuasive : « Faut pas croire que tous les hommes soient comme lui, Renée... »

– Je ne dis pas ça, murmura-t-elle sans conviction.

Le Mystère de la Tour Eiffel était terminé. Elle profita de l'entr'acte pour se mettre un peu de rouge sur les joues. Elle avait les yeux plus brillants que de coutume, et se regardait dans la glace avec plaisir. Quand elle releva la tête, elle vit que Bernard la contemplait. Elle eut à peine le temps de rougir; la salle, de nouveau, était plongée dans les ténèbres.

Le spectacle fini, ils sortirent.

Bernard offrit d'aller prendre un verre chez *Grüber,* place de la République.

« Il y a la fête. On regardera tourner les manèges! »

Ils s'assirent à la terrasse. En face d'eux, étaient

installés des bastringues dont les lumières, renvoyées par les glaces, éblouissaient Renée. Elle refusa un tour de montagnes russes. Elle se trouvait bien à sa place. Bernard lui fit boire deux chartreuses et une chaleur pesante commença à lui engourdir les jambes. Elle porta la main à son visage; la musique des orchestrions l'étourdissait, tout se brouillait sous ses yeux.

Elle se leva : « Rentrons. »

Elle se laissa prendre le bras et ils gagnèrent le canal. Les flonflons des manèges avaient cessé; la nuit était chaude et belle. Renée s'arrêta et renversa la tête.

« Il y en a des étoiles, ce soir », soupira-t-elle.

Bernard la soutenait. Soudain elle sentit deux lèvres ardentes lui écraser la bouche. Il l'entraînait, lui murmurait dans le cou des mots d'amour. Arrivé devant l'Hôtel *du Nord*, il sonna.

« Attention. Le patron a l'oreille fine. »

Ils passèrent devant le bureau sur la pointe des pieds. Quand ils furent au deuxième, Bernard la serra contre lui. Elle était désemparée, tremblante.

« Viens, » souffla-t-il.

Elle ne répondit pas et le suivit dans sa chambre.

XVIII

Louise, qui ourle des essuie-mains, lève brusque-ment la tête. On a frappé à la porte du Bureau.

— Qu'est-ce que c'est? crie-t-elle, sans quitter sa chaise. Personne ne répond. Alors elle se lève et va ouvrir. C'est un inconnu qui porte une valise.

— Excusez du dérangement, je cherche une chambre.

L'homme est convenablement habillé. Il paraît timide. Il pose à terre la valise qui lui bat les jambes et se découvre avec politesse. Louise lui jette un coup d'œil bienveillant.

— C'est une chambre de garçon que vous vou-lez? demande-t-elle.

— Non. Nous sommes deux; ma femme est restée à la porte. Attendez, je l'appelle... Eh, Ginette!

— J'ai quelque chose au troisième, déclare Louise. Quarante-cinq francs la semaine. Ça vous plairait-il?

— Oui.

– Alors, asseyez-vous un instant. Je vais toujours vous inscrire. On montera après...

Elle tire de derrière le comptoir le « Livre de Police », un registre à couverture bleue, et l'ouvre avec soin sur une table.

– Vous avez des papiers? Faut que j'aie tout votre état civil. C'est la barbe, mais il y a tant d'étrangers à Paris!

– Bien sûr. Je m'appelle Prosper Maltaverne.

L'homme sort une enveloppe de son portefeuille et la tend à Louise qui hésite une seconde.

– On s'y reconnaît plus dans ces paperasses. Maltaverne, Prosper... Ça, au moins, c'est facile à retenir. J'ai des Polonais, on n'arrive pas à écrire leurs noms... Faut pourtant que je tienne mon livre bien à jour. Dame! un voleur pourrait se faufiler dans l'hôtel... Quelle profession?

Maltaverne prend un air penaud et se penche :

– Je suis sergent de ville. Ça vous fait rien?

– Je n'en ai jamais logé. Ce n'est pas parce qu'on est agent qu'il faut aller coucher sous les ponts... A votre tour, madame.

– Mademoiselle Ginette Buisson.

– Je vous croyais mariés, remarqua Louise. D'ailleurs, ça me regarde pas.

Elle achève d'écrire, referme son livre et sourit à ses nouveaux clients.

– Comme ça, tout est en règle. Vous le savez

mieux que moi, monsieur Maltaverne, avec la police, on n'en a jamais fini. Ici, le « viseur » passe tous les deux jours... Montons voir la chambre, maintenant.

Au troisième, Louise ouvre une porte.

— Vous voyez, c'est très clair; ça donne sur le canal. Il y a un poêle pour cuisiner, une armoire...

— Le lit est bon? interrompt la femme.

— Chez nous les matelas sont propres. Regardez.

Elle soulève les couvertures. Maltaverne interroge Ginette du regard.

— Ça va, dit-il.

— Alors, je vous laisse, monsieur Maltaverne. Installez-vous.

« Il n'a pas l'air dégourdi, pour un flic », pense-t-elle en sortant.

C'est bientôt l'heure du déjeuner et le couloir empeste la cuisine. Louise grimace.

« Ces ménages! Ils en font des saletés avec leur popote. »

En passant, elle ouvre la porte des cabinets.

« La blonde du 36 m'a encore fichu des cochonneries dans le trou, grogne-t-elle. Jamais elle n'aura le courage de descendre ses ordures aux poubelles, celle-là! Tant qu'on aura des ménages au troisième, on ne tiendra jamais la maison propre. »

Pendant que Maltaverne, soigneusement, installe dans l'armoire le contenu de la valise, Ginette, qu'un rien amuse, ouvre la fenêtre, regarde dehors et bat des mains. Elle n'a, pour ainsi dire, jamais quitté Paris. Elle a des cheveux frisottés, des yeux qui pétillent, le nez en l'air.

Elle s'écrie : « On est bien tombé! Ce qu'on va être heureux, ici. »

Prosper approuve d'un signe de tête. Puis, bras-dessus, bras-dessous, ils descendent dans la boutique. Kenel, au comptoir, bavarde avec le patron.

— Qu'est-ce que je vous offre? demande Lecouvreur qui paye toujours une tournée aux nouveaux locataires.

Prosper hésite, mais Ginette déclare impétueusement :

— Servez-moi une amourette, monsieur.

— Une amourette? fait Prosper, interloqué.

— Toutes les femmes sont folles de ce truc-là, dit Kenel à la cantonade.

Ginette, avec une gourmandise de jeune chatte, lape son apéritif. Elle a déjà lié connaissance avec Kenel.

— Nous sommes arrivés de ce matin. Nous habitons au 34.

— Par exemple! Et moi, au 33. Il rit : Faudra qu'on tâche de s'entendre, hein?

Puis, avec un geste aimable :

— Videz votre verre. Je paye une tournée.

Kenel et Prosper sont devenus inséparables. Le dimanche, en promenade, au café, on ne les voit jamais l'un sans l'autre, et bien entendu, Ginette est toujours entre eux.

— Propro, tu offres un verre? demande Kenel.

— Tu l'entends, Ginette? Faut-il dire oui?

Ginette minaude : « Tu sais bien qu'il est notre ami... »

Kenel l'enveloppe d'une œillade. Une perle, cette petite! Dès le premier mois elle est devenue sa maîtresse et, chaque fois que Prosper a son service de nuit, elle va le retrouver.

Il se frotte les mains et flanque sur l'épaule de Prosper une tape à assommer un bœuf.

« Ce vieux frangin! »

L'autre reste un instant abasourdi, puis rigole.

C'est vrai, Kenel, c'est comme un frère. Entre un ami pareil et une maîtresse toujours aux petits soins, comment ne pas trouver la vie épatante!

Ils dînent souvent ensemble, dans la chambre de Maltaverne, au 34. Prosper aime ces soirées tranquilles, les fins de repas où l'on digère en grillant une « cibiche ». Kenel, avec son accent faubourien, raconte des gaudrioles ou bien il se chamaille avec Ginette et Prosper est obligé d'intervenir.

— Eh, les enfants! Soyez sages.

– Ginette peut pas m'encaisser, réplique Kenel.

Prosper se renverse sur sa chaise.

– Ha! Ha! Ha! T'entends ça, Ginette? Viens... Faites la paix. Embrasse-la, Kenel... Mais si, puisque je te donne la permission.

Il rit de les voir s'embrasser sur la joue.

– Allez, encore une fois... Na...

Il a l'air d'un coq en pâte. Quand on le voit arriver chez Lecouvreur, le visage épanoui, on lui demande :

– Ça va, la vie de famille?

Il répond oui. Mais il sent souvent une intention ironique, dans cette question. On le jalouse, parbleu!

Même, une fois, sur son passage, il a entendu murmurer un mot difficile à avaler.

Lui, cocu? D'abord Ginette ne connaît personne à Paris. Il n'y aurait que Kenel. Oui, mais avec celui-là, rien à craindre. N'empêche que cette idée l'a travaillé plus qu'il n'aurait voulu.

Un autre jour, il est tombé au milieu d'une conversation. La patronne disait : « C'est à croire qu'il tient la chandelle. » En le voyant, elle s'est tue. Sans demander d'explications, il s'est éloigné, perplexe. Est-ce de lui qu'on parlait?

Maintenant, dès qu'il rentre de son service, il se met en civil et descend au café. A cause des cancans, il ne veut plus laisser sa femme seule avec

Kenel quand arrive l'heure de l'apéritif. Son apparition est toujours saluée par un « V'là Propro » sonore. Mais il ne sourit plus comme autrefois; ce surnom de Propro lui est même devenu désagréable.

Un soir, Minar et le père Deborger l'avaient, contre son habitude, entraîné dans une partie de cartes. Il jouait mollement, tout occupé, sans en avoir l'air, à surveiller du coin de l'œil Kenel et Ginette qui s'étaient installés de l'autre côté de la table; il cherchait à surprendre des bouts de leur conversation.

Sa Ginette est penchée sur Kenel; elle lui frôle le visage de ses cheveux blonds. Elle bavarde et soudain éclate de rire.

Prosper ne peut retenir un geste d'énervement. Il a mal à la tête; il lui semble aussi qu'on l'observe sournoisement. « Atout et ratatout! s'écrie Mimar. J'ai gagné. »

Prosper jette son jeu sur la table; plusieurs cartes tombent par terre, il se baisse pour les ramasser. Les jambes de Kenel et celles de Ginette sont entrelacées!

Il se relève, d'un bond, et sans réfléchir se précipite sur Kenel qui reçoit le coup de poing en plein visage. Les verres, les bouteilles s'écrasent sur le carreau. Ginette pousse un cri et se trouve mal.

Kenel, qui s'est vite ressaisi, serre Prosper à la gorge.

– Emile, sépare-les! crie Louise.

Les deux énergumènes ont roulé au milieu des chaises renversées. Ils écument, se bourrent de coups. On fait cercle autour d'eux, sans oser les approcher. Kenel, le plus fort des deux, réussit à acculer Prosper dans un coin et là, un genou posé sur la poitrine de son adversaire, les poings serrés, il hurle :

– Je t'écraserais comme une merde!

Les yeux de Prosper demandent grâce. Lecouvreur se précipite.

– Finissez! Ou je fais venir la police.

Kenel se relève le premier; des clients aident Prosper à se mettre debout. On essaie de les réconcilier. Ginette, affalée sur une chaise, continue à sangloter.

L'œil poché, la chemise ouverte, les vêtements couverts de sciure, Prosper, longtemps indécis, se laisse enfin traîner vers son ex-ami. Il ne sait plus bien ce qui s'est passé. Peut-être a-t-il mal vu, après tout. On le presse, on le pousse. Il tend la main à Kenel.

– Non, bougonne l'autre, on n'agit pas comme ça avec des copains. Qu'est-ce que je t'ai fait, moi? Dis-le? Dis-le donc ce que je t'ai fait?

Mais Lecouvreur lui prend le bras : « Allons,

faites la paix ou bien je vous fous tous les deux à la porte. »

L'argument est tel que Prosper et Kenel se serrent la main. Tous les clients applaudissent.

— Maintenant, venez prendre un verre, ajoute Lecouvreur. Prosper, appuyé au comptoir, trinque avec Kenel et, encore tremblant, bredouille quelques mots d'excuse. Ginette est là, près de lui, comme avant; elle l'embrasse. Quelqu'un lui tape amicalement sur l'épaule. Non, vraiment, il ne sait plus ce qui s'est passé.

Dire qu'un peu plus il pouvait perdre sa place de sergent de ville!

XIX

Chaque jour, vers une heure, Mme Fouassin poussait la porte du café. C'était une femme entre deux âges, nerveuse et efflanquée, qui fabriquait en chambre « l'article de Paris ». Elle demeurait un instant sur le seuil pour appeler ses chiens, deux bâtards qui ne la quittaient pas, puis elle allait s'asseoir devant une table, posait son sac, son fouet, son trousseau de clefs, et, tout en surveillant le repas de Lecouvreur, bavardait intarissablement.

« J'ai plus de goût à rester chez moi, disait-elle. Je fais que d'entendre tousser du matin au soir, comme à l'hôpital. (Son mari se mourait de tuberculose.) J'ai beau m'enfermer dans la salle à manger, il est toujours à m'appeler : « Lucie, donne-moi un mouchoir, Lucie donne-moi de la tisane, donne-moi ci, donne-moi ça. » Il pense qu'à lui comme tous les malades... Dame! il souffre. Mais c'est bien son tour; dans le temps, ce qu'il a pu être rosse avec moi. La nuit, je peux même plus fermer l'œil. J'en ai une déveine! Par exemple, après le déjeuner, je passe la consigne à mon arpète et je vais faire un petit tour. Mettez-vous à ma place, madame Lecouvreur... Et puis, faut bien promener les cabots. »

Louise, à laquelle ce récit coupait l'appétit, approuvait, par complaisance.

— Bien sûr. On peut pas l'impossible.

— Oh! là, là! Ça fait bientôt deux ans que ça dure, reprenait Mme Fouassin. Même qu'on y a bouffé nos quatre sous... Enfin, ça finira bien par finir un jour, faut l'espérer... Latouche n'est pas encore venu, patron?

— Non. On ne l'a pas vu ce matin. Il a dû faire les Halles.

Mme Fouassin commandait un second café. Les chiens, après d'innombrables tours, se soulageaient sur le carrelage. Alors, Mme Fouassin se dressait.

« Saloperies! Où est mon fouet... Kiki! Colette! » Elle tordait la bouche à chaque syllabe et prononçait « Tolette ». Elle prenait Kiki par la peau du dos et lui distribuait un semblant de correction. Puis elle continuait à bavarder avec Louise.

— Tiens, vous mangez des salsifis? J'en ai fait la semaine dernière. Quand on vit comme moi dans

116

la pharmacie, ça ravigote. Seulement, voilà, quelle barbe à éplucher.

Enfin, engoncé dans ses vêtements de camionneur, Latouche entrait.

« Je vous attends depuis une heure, glapissait Mme Fouassin. J'en suis à mon deuxième jus. N'est-ce pas, patron? »

Latouche quittait en soufflant son paletot de cuir, s'asseyait à côté d'elle et prenait Kiki sur ses genoux. Les coudes sur la table, donnant de temps à autre une tape à Colette qui jappait d'impatience, Mme Fouassin écoutait religieusement parler le camionneur et le mangeait des yeux.

Latouche lui confiait les difficultés de son métier, s'arrêtant entre deux phrases pour boire une gorgée de café et passer sa main sur sa grosse moustache humide.

Un beau jour, il déclara.

– J'en ai assez, tout me retombe sur le dos. J'ai bien le père André comme secrétaire, mais qu'est-ce que vous voulez qu'il fasse? Il est trop vieux. Tenez... il me faudrait quelqu'un de sérieux, d'intelligent, d'actif... Une femme, au besoin.

Mme Fouassin sursauta.

– Patron, fit-elle, pour dissimuler son trouble, deux marcs!

Latouche vida son petit verre, fit claquer sa langue, puis il demeura silencieux. Mme Fouassin remuait distraitement son trousseau de clefs.

« Je pense comme vous », murmura-t-elle.

Latouche continuait à la regarder en dessous. Alors elle se leva et régla les consommations.

Ils s'éloignèrent pour causer plus librement.

« Hum, se dit Louise. Ça chauffe! »

Elle ne s'en indignait pas; Mme Fouassin avait une vie difficile avec son malade et Latouche était célibataire après tout!

Un matin à l'improviste, Mme Fouassin vint la retrouver au fond de la cuisine. « Je voulais vous demander quelque chose, madame Lecouvreur. Entre nous... Est-ce que vous auriez une chambre de libre, deux, trois fois la semaine, pour une heure?

— Une chambre? Ah, je veux bien vous rendre service, mais tout de même pas pour ces choses-là.

Mme Fouassin n'insista pas. Toutefois elle dut trouver gîte ailleurs, car, à partir de ce jour-là, elle afficha sa liaison sans vergogne. Les clients de l'Hôtel *du Nord* l'appelaient la « mère Latouche ». Elle ne s'en formalisait pas, au contraire, elle en riait.

Le dimanche, elle sortait avec le camionneur. Ils allaient, bras-dessus, bras-dessous, passer la journée à Villeparisis, dans un terrain que Fouassin, le tuberculeux, avait acheté jadis et où il avait installé, en guise de « vide-bouteille », un wagon sans roues acquis au rabais après la guerre.

« C'est pas chic comme une vraie villa, disait Mme Fouassin, mais l'été, on y est au frais. On y passe de bons moments, dans cette cambuse, dis, Latouche? »

XX

A l'automne, Lecouvreur fit repeindre sa boutique par Cerutti, le marchand de couleurs de la rue
de la Grange-aux-Belles. Du beau travail! Faux-
marbre sur les murs, faux-chêne sur le comptoir.
Les vieux de l'hôtel n'en revenaient pas. « Ils vont
vendre », supposaient-ils.

Mais non! Les Lecouvreur, dont les affaires
marchaient bien, voulaient seulement que leur
maison eût bonne mine.

l'Hôtel *du Nord* avait la réputation de servir du
bon café. Chaque jour, après leur déjeuner, les
ouvriers venaient y prendre le « jus ». C'était le
coup de feu pour Lecouvreur. Il se démenait et
finissait par contenter tout son monde. Lorsque les
bruits de sirène annonçaient la reprise du travail,
le débit se vidait en quelques instants.

Il ne restait que les feignants, les rentiers, ou un
vieillard impotent comme le père Deborger.

« On s'en va, mais on vous laisse le merlan et la

merlande », criaient les ouvriers en claquant la porte.

Les Ramillon, en effet, demeuraient accoudés au comptoir. Un drôle de ménage, Ramillon était garçon coiffeur, sa femme modiste.

Avec sa barbiche en fer à cheval, ses moustaches de chat, ses pommettes couperosées, ses commandements rauques de la voix, le merlan faisait penser à un sous-off; comme un vieux militaire, il portait, sous son veston d'alpaga, une ceinture de flanelle rouge. Mme Ramillon n'était pas belle. Son visage était criblé de petite vérole et ses traits creusés par l'alcool; elle louchait, un tic lui tordait la bouche. Toujours vêtue d'un manteau garni de fourrure élimée; elle ne mettait pas de chapeau. « Y me tiennent pas sur le crâne », disait-elle.

Les Ramillon habitaient un vieil immeuble, rue Bichat. Sans enfants; leur fille était partie avec un imprimeur. Mais ils possédaient un chat, un vieux matou dont ils tiraient grande fierté.

« Natole, expliquait Ramillon, en montrant son poing, il " les " a grosses comme ça! »

Louise riait. « D'honnêtes gens, se disait-elle, s'ils ne se saoulaient pas. » Elle était indulgente pour le merlan et la merlande qui lui avaient donné un chien de garde : Badour, un bâtard de fox-terrier.

Le lundi, Ramillon prenait son congé hebdomadaire. Suivi de sa femme, il courait les bistrots qui, ce jour-là, régalaient selon l'usage, On les voyait passer de la *Chope des Singes* au *Bon Coin*, du café de la *Capitale* à l'Hôtel *du Nord*. Ils y échouaient, les vêtements en désordre, le visage congestionné et suant l'alcool.

— Patron, regardez ma bourgeoise! hurlait le merlan. Elle est saoule.

— Je suis saoule? ripostait la merlande. Vous m'avez déjà vue saoule, patron? C'est ce cochon-là qui est saoul.

Les Ramillon se battaient souvent. Le merlan avait toujours le dessus.

Un soir, à l'heure de la manille, la merlande arriva chez Lecouvreur. Elle avait les yeux hagards, l'air d'une folle. Elle ouvrit son vieux manteau que maintenait fermé une broche de verroterie et découvrit ses épaules maigres, bleuies de coups.

— J'ai le corps que je ne le sens plus, gémit-elle.

Elle eut un rire nerveux. Sa broche scintillait. Elle la prit et la présenta dans la lumière.

— Il est beau mon diamant. C'est le seul qui me reste. Ramillon ne l'aura pas celui-là!

Elle parlait avec une sorte de bêlement dans la voix et tournait sur elle-même en dansant.

— N'est-ce pas que je suis jolie, fit-elle.

Elle ramena sur son front quelques mèches de cheveux gris, renversa la tête. Elle serrait des deux mains sa broche sur sa poitrine; et brusquement, elle sortit.

Le merlan arriva peu après.

– J'ai donné une raclée à Angèle, dit-il, content de lui. Ça la dresse. Elle me fait bouffer de la charcuterie tous les soirs. » Il caressa sa barbiche : « Patron, on joue au zanzi? »

Le dimanche, lorsqu'il faisait beau, la fille Ramillon venait voir ses parents, et la famille au complet s'en allait baguenauder sur les bords du canal. Le merlan, la casquette sur les yeux, marchait derrière les deux femmes, vêtues comme des chiffonnières, le cou nu, les cheveux en désordre.

La bonne entente ne durait guère. Bientôt on les entendait se chamailler.

« Si t'es pas contente, va retrouver ton type, criait le merlan à sa fille. Tu lui diras de te rincer. »

Pan! Il la giflait; il avait la main leste. Mais la fille était habituée aux coups. Elle ne protestait pas.

Sa mère lui offrait un verre.

« Vous vous accordez bien pour picoler », ricanait le merlan.

Il les regardait, avec envie, entrer chez le bistrot, et continuait sa promenade, seul, en sifflotant.

XXI

Une dépêche à la main, Lecouvreur entra dans la chambre où Renée faisait le ménage.

— Tenez, dit-il, voilà pour vous.

Renée posa son balai.

— Pour moi?

— Levesque. Hôtel *du Nord*, fit Lecouvreur qui était pressé.

Renée resta seule, le télégramme entre les doigts : « C'est peut-être bien de la nourrice » pensa-t-elle.

Depuis quinze jours elle était sans nouvelles de son gosse. Elle ouvrit fébrilement le télégramme. Le texte dansa sous ses yeux : E...N...F...A...N...T. Brusquement le sens de la dépêche l'écrasa. A mi-voix, les lèvres tremblantes, elle lut à deux reprises : « Enfant mort », et s'effondra sur le lit.

Le visage enfoncé dans la couverture, elle sanglota sans penser à rien de précis. Puis, avec un gémissement de bête, elle se redressa et quitta la chambre.

Dans le couloir, elle rencontra Mimar.

– Je vais prévenir la patronne, lui dit-elle, en claquant des dents.

Il la regarda sans comprendre. Elle titubait, la main sur la bouche pour étouffer ses sanglots. Au palier, elle s'arrêta, essuya les larmes qui l'aveuglaient, et, s'accrochant à la rampe, descendit l'escalier marche à marche. Enfin elle poussa la porte du café avec un « ah » de délivrance et agita sa dépêche.

Louise se précipita : « Qu'est-ce qui vous arrive ? » Elle s'empara du télégramme. « Oh ! Emile, le petit de Renée est mort ! »

Renée était tombée sur la banquette. Son chignon s'était dénoué, une mèche se déroulait sur son épaule ; elle regardait fixement devant elle.

C'était depuis le jour où elle avait cédé à Bernard qu'elle était sans nouvelles de son Pierre. Ah ! ça lui avait porté malheur d'être retombée.

Elle joignit les mains : « Mon Dieu, mon Dieu... pardonnez-moi. »

Un client qui entrait, rigola. « Renée, vous entendez des voix ! »

Elle se raidit et se leva. Louise s'approchait, cherchait à la consoler. Mais, sans prononcer une parole, elle monta dans sa chambre et s'habilla pour aller à la gare prendre le premier train...

Le soir du deuxième jour, les Lecouvreur la virent revenir. Elle était méconnaissable et répondait à peine, en bégayant. Elle voulait regagner sa chambre, être seule.

Louise l'entraîna dans l'arrière-boutique et put lui arracher quelques mots. Pierrot avait été emporté par des coliques, en quarante-huit heures. Les voisines disaient qu'on ne l'avait pas « pris » à temps.

Elle rapportait, soigneusement empaqueté dans sa valise, le linge de l'enfant. Elle étendit sur son lit le bonnet, les rubans, les brassières; elle les contempla rêveusement, s'en frôla le visage et les couvrit de baisers. Il y avait encore de la vie dans ces petites choses, un relent, une douce chaleur.

Elle releva la tête : des souvenirs défilaient. Trimault, le petit... Et maintenant, plus rien; autour d'elle cette chambre étouffante, une solitude sans issue. Elle laissa tomber ses bras et les reliques qu'elle tenait lui glissèrent des doigts. Mais elle ne se sentait plus la force de les ramasser.

Deux semaines passèrent. Quand Louise lui demandait de ses nouvelles, Renée haussait tristement les épaules.

« Je m'ennuie », disait-elle.

Sa voisine de chambre était une corsetière qui menait joyeuse vie. Le matin, elles bavardaient dans le couloir.

« Quoi, un gosse, s'écriait Fernande, ça peut se refaire. Amusez-vous donc en attendant. »

Elle fit si bien qu'elle entraîna Renée au cinéma, au café, enfin au bal-musette. Renée se laissait emmener sans trop de résistance; même, elle se fardait, mettait son corsage neuf et ses beaux souliers qui lui faisaient mal. Elle prenait modèle sur Fernande, employait ses économies à s'acheter des futilités. Mais jamais elle n'arriverait à être aussi élégante que son amie. Ses mains rouges la rendaient honteuse.

« Ne soyez pas si timide », lui répétait Fernande.

Dans le bal-musette, il y avait des marlous et des gigolos autour des tables, des couples qui dansaient au son d'un accordéon; des guirlandes de papier décoraient les murs.

Renée ouvrait de grands yeux; un nuage bleu l'enveloppait. Fernande « chaloupait » déjà que Renée restait là, bouche bée, étourdie, bousculée par les danseurs. Alors un garçon l'abordait; elle se laissait emporter; elle tournait sagement, comme à la campagne, mais l'étreinte de son danseur la faisait céder peu à peu. Tête renversée, joyeuse, elle s'abandonnait au tourbillon.

Vers une heure du matin, les deux amies regagnaient l'Hôtel *du Nord*. Avant de dormir, Renée revivait confusément la soirée : un danseur lui avait proposé de « faire le tapin ».

« Faudra que je demande à Fernande ce qu'il a voulu dire. »

Fernande lui donnait toutes les explications. Elle l'entraînait en riant dans des hôtels borgnes pour y faire des « parties carrées ».

« Ça te dessale », expliquait-elle.

Louise avait bien essayé de retenir Renée. « C'est comme ça que vous respectez le souvenir de votre petit?... » Rien n'y faisait. Bientôt même, Renée découcha.

Elle rentrait au matin, à l'heure où les ouvriers partaient au travail. Elle se glissait dans l'escalier et les locataires qu'elle rencontrait souriaient de la voir nippée comme ça. Elle avait juste le temps de quitter sa robe et de passer un linge mouillé sur ses joues pour enlever le maquillage. Dans la boutique, on l'accueillait par des moqueries et, s'il lui arrivait d'étouffer un bâillement : « Renée a la gueule de bois », disait-on.

Toute la matinée, elle se traînait de chambre en chambre. Elle avait grand-peine à ne pas céder au sommeil. Souvent elle emportait une petite fiole de rhum dans la poche de son tablier, et lorsqu'elle n'en pouvait plus elle buvait une gorgée pour « se remonter ». Enfin, le soir arrivait. C'était la délivrance. Elle allait pouvoir dormir.

Une nuit, elle était en plein sommeil, quand Bernard vint la retrouver à l'improviste. Lorsqu'elle s'éveilla, Bernard se vautrait sur elle.

« Fais pas de manières », souffla-t-il, lui fermant la bouche d'un baiser.

Au matin, en s'en allant, il lui mit un billet de cent sous dans la main.

A partir de ce jour, elle se sépara de Fernande et ne découcha plus; elle n'avait pas à se maquiller ni à revêtir son beau costume. Les locataires qui avaient envie d'elle venaient dans sa chambre. On lui donnait un « pourboire » en échange de sa complaisance. Bientôt même, elle l'exigea.

Les Lecouvreur s'alarmaient. Ils craignaient pour le renom de leur hôtel. Ils patientèrent cependant. Enfin, un matin que Renée descendait à dix heures, Lecouvreur, exaspéré, lui cria :

– Renée, faudra vous chercher autre chose!

Elle balbutia : « J'étais malade, patron... »

Mais Lecouvreur l'interrompit :

– Non! Je vous crois plus. J'en ai marre. Allez faire la vie ailleurs que chez nous!

Il tapotait nerveusement le zinc du comptoir et sa voix tremblait de colère. Renée l'écoutait, les yeux baissés; elle tortillait machinalement un coin de mouchoir entre ses doigts. Louise n'était pas là pour la défendre; et d'ailleurs l'aurait-elle défendue? Tout était fini entre elles deux. Elle ne répondit rien, jeta son tablier sur une table et monta dans sa chambre...

Paresseusement, elle s'étendit sur son lit; la tête sur l'oreiller, elle regarda longtemps le plafond.

Plus d'un an qu'elle vivait ici. Eh bien! quoi, elle irait chercher fortune autre part! Les deux cents francs qui lui restaient de son mois lui donnaient une semaine de tranquillité.

Elle se leva et fit sa valise. Ce ne fut pas long; elle n'était pas plus riche en linge qu'au moment où elle avait quitté Coulommiers. Elle jeta dans le seau, avec un tas de détritus et de bricoles, les souvenirs qu'elle avait gardés de son gosse. Puis elle décrocha son manteau. Elle était libre maintenant. Mais que faire de sa liberté?

Elle haussa les épaules : « Ah! je m'en fous », soupira-t-elle. Et elle descendit prendre congé de ses patrons.

Lecouvreur, qui était bon bougre, lui proposa un certificat. Somme toute, personne n'avait eu vraiment à se plaindre de son travail. Elle refusa. A quoi bon?

Les Lecouvreur lui tendirent la main. Louise, émue malgré tout, murmura : « Bonne chance. »

Renée prit sa valise et sortit. Où aller? Indécise, elle s'arrêta sur le pont-tournant. Des péniches, qui semblaient porter dans leurs flancs le calme de la campagne, montaient vers la Villette. Elle tourna la tête. Par la rue de Lancry, les voitures gagnaient les grands boulevards. Elle les suivit sans regarder derrière elle.

XXII

Marius Pluche entra en coup de vent dans la boutique. C'était un Méridional au visage réjoui et sanguin, au corps bedonnant monté sur de petites jambes tortues.

– Eh, Marius! On prend l'apéritif? proposa Bernard.

– Non, merci camarade, répondit Pluche en décrochant sa clef du « tableau ». Je vais préparer le dîner.

Il était chargé comme un « bourri ». Heureusement, il habitait le n° 1 et l'escalier aboutissait à sa porte.

« Ouf! » fit-il. Il déballa ses provisions : des olives, un lapin, du lard, une salade et deux litres de vin.

Il soupesa le lapin. « Un beau morceau, monsieur Pluche, dit-il, répétant la phrase du rôtisseur. Lapin sauté, lapin chasseur? » Il réfléchit un instant, fit claquer ses doigts gonflés comme des

saucisses : son geste favori qu'il accompagnait de
« coquin de sort ». Lapin sauté! cria-t-il. Et, pour
se mettre en train, il se versa une bonne rasade.

Son attirail était installé sur une étagère : la
cocotte de fonte, les casseroles, la poêle à frire, la
vaisselle, des bouteilles vides, un litre d'huile, un
panier à salade empli d'ail. Pluche avait trans-
formé la chambre en cuisine.

Il « tomba la veste », alluma le poêle et fit
« revenir » le lapin. Il tendait le cou, humait
l'odeur qui montait de la cocotte. Il aurait fallu du
thym dans la sauce.

« Té, l'ail remplace tout! » s'écria Pluche. Il
alla chercher le panier à salade. « Elle aura le
sourire en rentrant la bourgeoise! »

Il but encore un verre, croqua quelques olives.
Le lapin mijotait et une bonne odeur parfumait la
chambre... Pluche prit un livre qui traînait sur la
table, un gros bouquin graisseux à moitié débro-
ché. Il l'ouvrit, commença à lire, mais le relent du
« roux » devenait incommodant et il se leva pour
« faire un courant d'air ».

Kenel, qui passait sur le palier, s'arrêta.

– Ça sent bon le frichti! Vous n'êtes pas fatigué
de cuisiner tout le temps?

– Que non pas! C'est de la ragougnasse que je
fais au restaurant. Entrez. Vous allez voir ce que
c'est, de la cuisine.

Il leva le couvercle de la cocotte. Kenel renifla et fit claquer sa langue.

– Vous lisez des recettes? demanda-t-il.

– Non. C'est *L'Homme qui rit*, du père Hugo. Un précurseur. Avez-vous lu *L'Année Terrible?*

Pluche parlait politique comme les jeunes gens de leurs amours : intarissablement.

– Moi, je suis syndicaliste-socialiste, commença-t-il. Je suis citoyen de la terre. Camarade Soleil brille pour tout le monde.

Kenel s'esquiva et Pluche se replongea dans sa lecture. D'une main, il tournait son fricot, de l'autre les pages du livre; à côté de lui était posé un verre de vin. Il lisait tout haut, roulant les yeux, gonflant les joues et sa voix soufflait comme le mistral.

A huit heures, le lapin était cuit mais Berthe Pluche, serveuse dans un restaurant des boulevards, n'était pas de retour.

« Elle aura fait un extra, se dit-il. Et tout ce manger?... Tiens, je pourrais faire goûter de ma cuisine aux patrons. »

Il descendit :

– Patron, je vous apporte mon lapin sauté.

– Oh! Oh! Ça sent bon l'ail, dit Lecouvreur. Vous nous gâtez...

– La bourgeoise n'est pas rentrée, et moi, je sais pas manger tout seul...

Tandis que Louise achevait de mettre le couvert, Pluche posa la main sur l'épaule du patron.

– Ma femme, c'est une camarade. Je lui dis : « Va de ton côté, je vais du mien. » Comme ça, on ne se dispute jamais.

Il était le seul, dans l'hôtel, à ignorer qu'il était cocu.

– Sacré Marius! fit Lecouvreur. Venez vous mettre à table.

XXIII

La gibecière sous le bras, le petit Chardonnereau arrive de l'école.

— Ta maman rentrera tard, dit Louise. Voilà sa clef.

Paul, gamin chétif, au visage terne et vieillot, remercie. Il s'élance dans l'escalier, suivi de son « ami » Badour, qui lui court dans les jambes jusqu'au premier étage.

Paul s'arrête devant la chambre de son grand frère (Gabriel, garçon boucher, habite là depuis son retour du service). Il frappe à la porte. Personne.

La chambre de ses parents, une chambre à « trois », la plus grande de l'hôtel, est au fond du couloir. Elle a quatre mètres sur cinq; à droite, un petit réduit sert de cuisine. Paul aime la couleur du papier qui tapisse les murs, la fenêtre qui donne sur le quai. De là, en se penchant un peu, on aperçoit le poste-vigie décoré d'un drapeau et l'écluse où attendent les péniches. La cuisine a une petite lucarne d'où l'on découvre un tas de cheminées et le lavoir de la rue Bichat; mais pour voir les blanchisseuses qui tapent du battoir, Paul doit monter sur une chaise.

Les Chardonnereau habitent Paris depuis deux ans. Ils ont logé à l'hôtel, quai de la Rapée, puis au fond d'un passage; enfin, à l'Hôtel *du Nord*, le jour où papa Chardonnereau a trouvé une place de camionneur chez M. Latouche.

Paul a onze ans. Quand il a terminé ses devoirs, il descend jouer sur le quai; il court derrière les voitures avec ses camarades ou regarde pêcher à la ligne. Mais ce n'est pas toujours fête. Sa mère, une femme de ménage, travaille dehors toute la journée, et souvent il doit faire les courses à sa place...

Maman Chardonnereau a laissé une liste de commissions sur la table. Paul la fourre dans sa poche, prend le filet et dégringole l'escalier. Il s'arrête devant la *Chope des Singes*, risque un œil ardent entre deux rideaux pour voir jouer au billard, traverse la rue et musarde aux étalages. Tout lui fait envie!

« Encore toi, mon petit », dit le boulanger. Paul hoche la tête et tend son carnet (maman Chardonnereau achète partout à crédit). Rue de la Grange-aux-Belles, il tombe sur son frère qui donne le bras à une dame.

— Hé, Gabriel! crie-t-il.

— Fous-moi le camp, lui dit l'autre.

Paul regagne l'hôtel, prend les litres de vin que le patron lui a servis, les glisse doucement dans son filet et quitte la boutique. Le corps ployé, les bras rompus par sa charge, il monte l'escalier en tapant des pieds à chaque marche.

Une main légère lui frôle les cheveux.

« Bonsoir, mon petit bonhomme », dit Mlle Raymonde qui habite l'autre aile de la maison.

Arrivé chez lui, Paul court à la fenêtre et, le cœur battant, colle au carreau son visage. Il voit l'ombre de Raymonde aller et venir dans sa chambre. Il s'accroche nerveusement aux rideaux.

Soudain une main s'abat sur son épaule.

— Qu'est-ce que tu fous là?

C'est Gabriel. Il aperçoit l'ombre de Raymonde.

— Ah bon! Je dirai à la mère à quoi tu passes ton temps... Va faire la vaisselle.

Paul revient sournoisement à la fenêtre. Des questions lui brûlent les lèvres, il regarde son frère avec des yeux brillants.

— Tu voudrais la voir en liquette, hein? demande Gabriel. Il se rengorge. « Je la connais, Raymonde. »

— Moi aussi.

– Tu sais pas ce que tu dis. Sers-moi à boire, morveux!

Paul met le couvert; Gabriel boit, à cheval sur une chaise, le corps tassé, l'air abruti. Un pas lourd se fait entendre, la porte s'ouvre. Jovial, titubant, un fouet à la main, entre le père Chardonnereau.

– Bonsoir papa, dit Paul.

Chardonnereau l'écarte. « Verse-moi du rouge. » Il s'assied, passe la main sur ses moustaches mouillées, ôte sa veste qui sent l'écurie.

– On casse la croûte?

Tout à coup, retentit la voix autoritaire de la mère Chardonnereau. Gabriel va ouvrir. Chardonnereau se lève. « On t'attendait, Margot. » Un grognement lui répond. La mère Chardonnereau se débarrasse de son manteau. Puis, le visage dur, la main levée, prête à gifler. « Le dîner est prêt, Paul? »

Paul risque un mensonge, mais sa mère va dans la cuisine. « Viens donc voir ici! Je t'avais dit d'acheter trois biftecks. Qu'est-ce que c'est que ça? » Elle lui flanque une taloche. « Propre à rien! »

Elle bâcle le dîner : côtelettes, œufs sur le plat, toujours le même ordinaire, et ils se mettent à table. Ils mangent sans prononcer une parole, leurs visages aux mâchoires remuantes penchés sur leurs assiettes.

« Paul, descends acheter un litre », commande la mère Chardonnereau. Elle attend que son fils soit parti et sort un paquet de sa poche. « Regarde ça, le vieux, dit-elle, en tendant une chemise de soie. Je l'ai ramassée sous le lit de Mme Leclerc. » Une grimace crispe son visage osseux. « C'est-y pas malheureux de laisser traîner du linge comme ça! »

– Tu vas lui rendre? dit Chardonnereau.

– T'es fou, toi! Gabriel, j'ai pas raison de la garder cette chemise?

– Et comment, répond le fils. Les patrons...

Il crache par terre, avec mépris. Ils se regardent tous les trois sans mot dire. La mère Chardonnereau fourre le linge dans son caraco.

– Je trouverai toujours moyen de la vendre à une femme de l'hôtel.

XXIV

La pluie cinglait les vitres, le vent soufflait en
rafales. Louise quitta sa place, souleva le brise-
bise : le quai était désert. « On ne verra pas un
chat, ce soir », pensa-t-elle. Son mari sommeillait.
Elle regarda Badour, couché en boule près du feu
et prit sa boîte à ouvrage.

Brusquement, la porte s'ouvrit et un homme
entra dans la boutique.

« Assez, Nônô! » cria Louise.

L'inconnu secoua son chapeau melon. « Quelle
pluie! » dit-il. C'était un homme de quarante ans,
peut-être, maigre, barbu, vêtu d'un long pardessus
noir et d'un pantalon qui tombait sur ses chaussures.

— Avez-vous une chambre à louer?

— Oui. Emile! Hé, Emile!... Lecouvreur se
réveilla. « Accompagne Monsieur au n° 3... » Faut
me dire votre nom, avant.

— M. Lad... Une quinte de toux l'interrompit.

Ladevèze, acheva-t-il d'une voix sifflante. Il ramassa sa valise et suivit Lecouvreur.

— Une belle chambre, sur le canal. Il y a de l'air, expliqua Lecouvreur.

— Est-ce calme?

— Jamais un bruit. A dix heures, ici, tout le monde dort. Ce n'est pas une hôtel à femmes... Je dis pas ça pour vous. Si vous aviez quelqu'un d'attitré...

Ladevèze eut un geste évasif. Lecouvreur s'en alla.

« Un homme bien », dit-il à Louise, qui hocha la tête.

... Le lendemain matin, quand Ladevèze descendit, Louise examina son nouveau locataire : un fantôme, une grande perche, squelettique et dégingandé, avec un visage hâve et des yeux fiévreux... Quelle odeur étrange il apportait.

— On vous a entendu tousser, hier soir, dit-elle.

— Un peu de grippe, répondit-il en s'asseyant près du poêle.

Mais bientôt, pris d'une quinte de toux, il secoua la tête, se courba comme s'il allait vomir ses poumons, et, à plusieurs reprises, cracha méticuleusement dans son mouchoir.

— Est-ce que je pourrais avoir un peu de tisane?

– Vous devriez plutôt boire un grog. Ça fait suer et après on est dégagé.

– Non, non!... Il s'étrangla. « Du tilleul. »

Louise lui fit une infusion. Elle le regarda boire. Un malade. A cette seule idée, un frisson lui passa dans le dos. Ladevèze, comme s'il eût deviné sa pensée, lui jeta un coup d'œil soupçonneux, et, se levant, regagna sa chambre.

Il ne redescendit plus l'après-midi et ne parut pas les jours suivants. On l'entendait tousser. Les clients, étonnés, demandaient :

– Qu'est-ce que c'est que le type du 3?

– Un nouveau, répondait Louise.

Elle faisait la grimace et restait pensive. Plusieurs fois par jour, elle montait à Ladevèze du bouillon et des tisanes. Il était couché; ses genoux pointaient sous les draps; un relent de pharmacie traînait dans la chambre. Il fallait aérer, retaper le lit, mettre de l'ordre sur la table. Ladevèze, les yeux au plafond, respirait péniblement; son visage, ses mains étaient moites. Brusquement il criait : « Laissez-moi, madame Lecouvreur, je n'ai plus besoin de rien. » Un drôle de bonhomme!

Deux semaines passèrent ainsi. Un matin, Louise suggéra : « Vous devriez voir un spécialiste. »

« Les médecins, je les connais, déclara Ladevèze. » Il eut un sourire désabusé. « Je croyais guérir à Paris... et oublier le reste. »

Ses lèvres tremblaient. Soudain, une crise violente l'étouffa; il fallut l'aider à se redresser, lui donner de la tisane. Quand ce fut fini, le moment des aveux était passé.

Ladevèze intriguait les locataires. « Qu'est-ce qu'il est venu fabriquer à Paris, la patronne? » Louise montrait le plafond : « Demandez-le lui. Moi, j'ai jamais pu lui arracher un mot. »

Les clients se taisaient. Enfin, Mimar grognait : « Il est en train de crever, ce bonhomme-là. » Pélican ajoutait : « C'est pas contagieux, au moins? »

Louise secouait la tête. « Je le soigne bien, moi! » Soudain, on entendait Ladevèze qui râlait, qui crachait, et sa toux traversait l'hôtel comme un mauvais vent d'automne.

Quand Louise annonça le départ de Ladevèze, ce fut un soulagement général. Elle avait dû ruser, discourir, menacer presque, avant de le décider à entrer à l'hôpital Saint-Louis. « Laissez-nous vos bagages. Vous n'allez pas rester longtemps là-bas. »

... Pas longtemps. Louise fit deux visites à son malade. A la troisième, le lit était vide : Ladevèze était mort dans la nuit.

Quinze jours plus tard, les Lecouvreur virent entrer dans la boutique une femme à l'aspect rigide, important, au visage caché sous une voilette.

— Permettez-moi de me présenter : « Mme Ladevèze ». La voix était sèche, les gestes guindés.
« Mon époux a habité ici... Vous avez conservé ses
bagages? »

Louise répondit par un signe de tête. Elle prit
une clef. « Je vais vous conduire dans sa chambre. »

— Il a vécu dans ce taudis? fit Mme Ladevèze
quand elles furent arrivées.

— Un taudis! riposta Louise, un taudis!... Vous
en avez des expressions! Tenez, voilà les affaires de
votre mari.

Mme Ladevèze ôta ses gants, sa voilette, posa un
lorgnon sur son nez et commença un méticuleux
inventaire. Elle prenait les objets un à un, les
palpait, puis les rangeait dans sa valise avec une
lueur de contentement au fond des yeux.

— Parfait, dit-elle, lorsqu'elle eut fini. Il avait un
parapluie, n'est-ce pas?

— ???

— Un parapluie à manche d'argent niellé.

Louise leva les bras.

— Voyons, rappelez-vous, c'est important...

— Moi, je lui ai jamais vu de parapluie.

— Vous m'étonnez, il ne peut être ailleurs qu'ici.
Cherchez voir... Il ne le quittait jamais son parapluie. C'était un cadeau de mariage.

— Il l'aura oublié en chemin de fer...

— Ah! vous ne connaissez pas mon mari,

144

madame. Elle eut un rire bref, offensant, et, d'une voix cinglante : « On le lui a volé. »

Louise sentait la moutarde lui monter au nez. Devant cette femme, exigeante et dédaigneuse, elle pensait au malheureux convoi qu'elle avait suivi jusqu'au cimetière de Pantin. Elle ne put se retenir. Pêle-mêle elle ramassa les bagages, en chargea Mme Ladevèze et la poussa dans l'escalier. « Foutez-moi le camp! Foutez-moi le camp! »

Elle s'arrêta, bouleversée. En bas, Mme Ladevèze criait :

– Si vous le retrouvez, son parapluie, écrivez-moi!

XXV

Delphine et Julie Pellevoisin vivaient à l'hôtel comme elles auraient vécu en province. Lentes, tatillonnes, soucieuses de l'avenir et craintives devant les hasards, elles ne sortaient jamais. Leur chambre, fermée aux bruits du dehors, était à leur image : décor sans grâce, sans air, où naissaient et mouraient leurs songeries de vieilles filles.

Delphine avait trente-six ans, Julie trente et un. Elles se ressemblaient, disait Louise, « comme deux sœurs jumelles »; mêmes traits, mêmes chairs fades, mêmes yeux troubles. Mais sur la joue gauche de Delphine, une verrue piquée d'une touffe de poils; ses lèvres pincées lui donnaient une mine revêche alors que le visage de Julie exprimait la douceur. Elles portaient les mêmes robes, larges, tombantes, de nuances sombres, avec des « dessous » compliqués qui leur arrondissaient la taille, des corsages fermés et des gants de coton qui cachaient leurs mains sèches.

Elles s'étaient fait une existence où l'imprévu ne pouvait trouver place. Levées à six heures, elles prenaient leur petit déjeuner; puis, une serviette sur les cheveux, elles nettoyaient la chambre avec un soin que Louise donnait en exemple à ses clients. Julie était corsetière; elle partait pour son atelier. Delphine, qui faisait de « la confection », s'installait près de la fenêtre et cousait jusqu'au déjeuner qu'elle prenait seule car sa sœur emportait son manger.

Le soir, Julie rapportait des provisions et Delphine préparait leur modeste dîner. Elles se mettaient à table, bien à l'aise, toutes deux, dans leur peignoir à ramages. Julie bavardait en mangeant : elle avait toujours quelque histoire d'atelier à raconter. Delphine, souvent, d'une petite phrase sèche, la remettait à sa place.

Elles se partageaient le journal qu'elle lisaient de la première page aux annonces. Delphine commentait les faits divers et tranchait sur tout. Sa sœur approuvait d'un signe de tête, l'esprit ailleurs... Des portes claquaient, des jeunes gens criaient dans le couloir, interpellaient Fernande ou Raymonde.

« Quelle racaille! » ricanait Delphine. Elle se levait et Julie l'entendait marmonner quelque chose sur « ces créatures ». Puis elle poussait le verrou de sûreté qu'elle avait exigé du patron, passait sa chemise de nuit et décidait : « Allons. Au lit ! »

Elles dormaient la fenêtre fermée. Julie, qui étouffait contre le mur, se tournait et se retournait sous les couvertures.

« Qu'est-ce que t'as ? » grognait Delphine. Etendue dans le lit comme dans un cercueil, sa poitrine maigre soulevée par une respiration régulière, elle se rendormait vite, tandis que Julie restait un long moment à lutter contre ses « lubies ».

... Les jours passaient, tous pareils. Au premier de l'an, les deux sœurs recevaient des nouvelles de la famille et écrivaient quelques lettres ; en juillet, elles s'accordaient une semaine de vacances au pays. Chaque samedi, elles allaient verser leurs économies à la Caisse d'Epargne et c'était leur seule sortie ensemble.

Aux premiers froids, Delphine attrapa la grippe et garda le lit. Julie descendit prendre son petit déjeuner, en bas, dans la boutique.

D'une voix mal assurée, elle demandait à Lecouvreur un café-crème qu'elle buvait sans lever la tête. A chaque instant, la porte s'ouvrait sur de nouveaux clients que le patron accueillait avec un mot jovial. Un courant de sympathie existait entre tous ces êtres et Julie, sans bien s'en rendre compte, souffrait davantage de sa solitude. Louise, qui estimait les deux sœurs, lui disait quelques mots aimables. Elle lui répondait par un sourire; gauchement accoudée au comptoir, elle regardait son image dans la glace. Son verre vidé, pensive, elle quittait la boutique.

Un matin, Marcel s'installa à côté d'elle. C'était un des camionneurs de Latouche, un gars entreprenant, bavard, la poitrine bien moulée dans un jersey de sport.

— Un jus, patron... Vous avez toujours de jolies filles dans votre tôle, souffla-t-il, en coulant un regard vers sa voisine. Julie devint écarlate. Elle avala de travers son morceau de brioche.

— Ça passe pas? demanda Marcel.

— Si, répondit-elle, les paupières baissées. Elle gardait son mouchoir sur la bouche, pour se donner une contenance.

— Patron! Versez un petit verre à mademoiselle, commanda Marcel.

Elle voulut refuser mais Lecouvreur avait déjà servi la consommation.

— Vous êtes trop aimable, monsieur. Elle vida son verre à petites gorgées; l'alcool la rendait plus hardie, elle dévisagea Marcel.

— Faut que j'aille atteler, dit-il, lui donnant sans façon la main. Il fit claquer son fouet et Julie le regarda partir.

Elle ne souffla mot de cette rencontre à Delphine. Le lendemain, elle mit son plus joli corsage et, vite, descendit. Marcel était là; il souleva sa casquette. Les coudes sur la table, frisottant sa moustache, il lui posa des questions. Il semblait à Julie que tout le monde avait les yeux fixés sur elle.

A l'atelier, elle ne cessa de penser à Marcel. Ses compliments lui bourdonnaient aux oreilles. Le soir venu, elle regagna lentement l'hôtel, plus que jamais décidée à taire son aventure...

Le jour suivant, Marcel n'était pas au comptoir. Elle sortit, inquiète. Il l'attendait, devant la porte, avec son camion.

Il dit : « Je vais aux Halles. Je peux vous conduire un bout de chemin dans ma bagnole. »

Elle jeta un coup d'œil vers la boutique. Personne ne la verrait. « Je veux bien. »

Il l'aida à grimper sur le siège, lui arrangea une place avec sa couverture, puis les rênes d'une main, le fouet de l'autre : « Hue, Blanchette! »

Sur le siège étroit, Julie était serrée contre Marcel. La voiture cahotait. « Faut que je vous tienne », dit Marcel. Il lui passa un bras autour de la taille et elle le laissa faire. Ils descendirent le boulevard Sébastopol. Le corps rejeté en arrière, les jambes écartées, Marcel pestait contre l'encombrement des rues, jurait, et hardiment engageait sa voiture entre les autos.

– N'ayez pas peur, mam'zelle Julie. Je vous tiens. Il la pressa plus étroitement contre lui. –

Qu'est-ce qu'ils diraient à l'hôtel, s'ils nous voyaient?

Elle était rouge; tout se brouillait devant ses yeux; il lui semblait que les passants l'observaient. Par bonheur, ils prirent des rues désertes. Soudain la voiture s'arrêta.

– Vous êtes à deux pas de votre boîte, annonça Marcel.

Elle le regarda, déçue d'être si vite arrivée. Elle ouvrait la bouche pour remercier son compagnon lorsque brusquement il se pencha sur elle. « Mon pourboire! »

Elle défaillait de bonheur en arrivant à l'atelier; le baiser de Marcel lui brûlait les lèvres. « Il m'aime, il m'aime », répétait-elle.

Quelques jours plus tard, Delphine, guérie, l'interpella : « T'as l'air tout drôle, toi, depuis un moment. Tu manges plus, tu dors plus. Qu'est-ce que ça veut dire? » Elle fronça les sourcils. « Tu me caches quelque chose? »

– Mais non, je t'assure, répondit Julie.

Ils avaient fait une nouvelle balade en voiture et Marcel, plus pressant, lui avait demandé un rendez-vous. Comment trouver un prétexte pour sortir seule?

Le samedi, en rentrant, elle annonça :

– Delphine, on veille à l'atelier.

Sa sœur, qui mettait la table, leva la tête.

– Tu veilles? Voilà du nouveau.

– Oui. On a reçu une grosse commande...

Delphine l'interrompit. « Une grosse commande. » Puis, sortant une photographie de son peignoir. « Qu'est-ce que c'est que ça? »

C'était une photo de Marcel. « T'as fouillé dans mes affaires », cria Julie. Et elle se laissa tomber sur une chaise.

– Oh! tu peux pleurer, ça me touche pas, glapit Delphine. Je ne te permettrai pas de faire la vie comme nos voisines. Jamais, jamais! Elle reprit haleine, et, d'une voix sifflante : « Moi aussi dans le temps, moi aussi j'ai failli céder... C'était avec un employé, j'avais plus de goût que toi! Un soir, nous avions pris rendez-vous. Je l'ai attendu deux heures... pour rien! »

Elle marchait rageusement, les bras battant le vide, la bouche tordue. « Tromper ta sœur; me quitter pour ce voyou! Ingrate! Tu ne sortiras plus d'ici, tu m'entends? Fini l'atelier. Tu vas te mettre à la confection, comme moi... que je ne te prenne jamais dans la boutique. Et ta photo... Tiens! »

Elle la déchira en petits morceaux.

Julie n'écoutait pas. Accablée de honte, de désespoir, mais résignée déjà à son destin, la tête dans les épaules, elle sanglotait.

XXVI

Raoul Farges, artiste dramatique, s'arrêta devant le bureau :

– J'ai du courrier?

– Non, répondit Lecouvreur.

Soucieux, Farges monta l'escalier. Un mois qu'on le faisait languir après cet engagement de casino. Suzanne et leur gosse (un jeune prodige de 10 ans) fabriquaient des étiquettes en attendant des jours meilleurs.

– Rien de neuf? demanda sa femme.

Il secoua la tête et arpenta la chambre.

– Voyons, ne te décourage pas, fit Suzanne. Avec ton talent, tu finiras bien par trouver un engagement.

– Le talent. Il ricana : Aujourd'hui, ma petite, les gens s'en foutent, du talent.

– Dis pas ça, Raoul. Tiens, Dupré vient de tourner un film.

– Le cinéma... Jamais!

Il haussa les épaules et s'accouda à la fenêtre.

Les maisons du quai de Valmy se découpaient sur un ciel orageux. Il faisait une chaleur accablante. Un groupe de badauds contemplait le patron de la *Chope des Singes* qui, perché dans un marronnier, tendait une bande de calicot et des rangées de lampions en travers de la rue.

— Raoul, dit Suzanne qui avait suivi son mari à la fenêtre, si tu proposais à ces gens d'organiser leur fête. Elle ajouta vivement : Tu as déjà été régisseur.

Raoul se dérida.

— Je ne serais pas embarrassé, certes. Il resta songeur une minute. Même, on pourrait leur jouer un sketch.

— Tu vois bien. Et ça permettra de s'arranger avec M. Lecouvreur pour le mois.

Raoul ne l'écoutait plus :

— Suzanne. Il tendit le bras : « Regarde, j'accroche des godets de couleur autour du poste, je pavoise l'écluse, je fais toute une fête vénitienne. » Il se frotta les mains : « Jamais ils n'auront eu un 14 juillet pareil! »

Il prit son feutre :

— Je descends.

Sur le pas de la porte, Lecouvreur suivait des yeux les préparatifs du bal.

— Bonsoir, patron!

— Vous venez me payer?

Raoul se pencha :

– Je viens vous proposer une affaire.

Il avait la parole facile et exposa son plan avec force détails. Lecouvreur restait perplexe. Il dit : « Faut que je demande l'avis de Gustave. » Et ils allèrent trouver le patron de la *Chope des Singes*.

Raoul fit du boniment. Enfin, pour les décider, il déclara : « On vous jouera un sketch. »

Lecouvreur arrondit les yeux : « Un quoi? » mais Gustave qui flairait une bonne publicité pour la *Chope* donna une tape sur l'épaule de Raoul : « Ça colle! »

Les Farges lâchèrent les étiquettes. Raoul, épanoui, combinait, discutait, donnait des ordres; sa femme retapait leurs costumes de scène. Tous les locataires de l'hôtel l'entouraient et lui demandaient des détails sur « sa fête ».

– Un peu de patience, disait-il, d'un ton protecteur.

Le 14, après dîner, une dernière fois Raoul répéta son sketch : *Rosalie*. C'était l'histoire d'une très jeune bonne qui profite d'une réception que vont donner ses maîtres pour exiger de l'augmentation.

Le sketch était amusant. Le jeune Farges, en travesti, tenait le rôle de Rosalie. Raoul arpentait la chambre tandis que Suzanne, avachie sur une chaise, hurlait : « Mais, ma fille, c'est du chantage! » Farges comptait sur le patois de Rosalie qui avait toujours un effet irrésistible.

Brusquement, un bruit de fanfare éclata et le jeune Farges courut à la fenêtre. « Papa! la retraite aux flambeaux! »

Tous les gens du quartier étaient dans la rue. Des enfants lançaient des pétards, d'autres brandissaient des lampions. Dominant les cris, on entendait les commandements de Gustave qui cherchait à discipliner la foule. Le cortège s'ébranla, suivit le quai de Jemmapes en braillant la *Marseillaise*, puis tourna rue Bichat. Les flonflons se perdirent.

– Reprenons, dit Raoul. Tu réponds à ta mère : « Madame, j'étions point disposée à vous servir pour rien. »

... L'heure de la représentation approchait. La *Chope des Singes*, illuminée, ressemblait à un café-concert. Des banderoles et des guirlandes de fleurs pavoisaient gaiement la salle où avait été élevée une petite scène. Au premier rang des spectateurs se trouvaient la mère Fouassin, fière de son récent mariage avec Latouche, Mimar qui enterrait sa vie de garçon, le père Louis, Pélican, la nouvelle bonne de l'Hôtel *du Nord*, Raymonde, Fernande et leurs amis. Des retardataires se pressaient à la terrasse.

Dans le hourvari, Gustave cria : « Les Raoul's ». La famille Farges fit son entrée au milieu des applaudissements. Raoul s'inclina. « Une bonne salle, souffla-t-il à sa femme. » Il frappa trois coups pour obtenir le silence, se carra dans un fauteuil, et, la voix bien posée, sûr de ses effets :

– Yvonne, tout est-il prêt pour recevoir nos invités?...

Le sketch eut un gros succès. Le jeune Farges, costumé en Rosalie, fit une quête. Un bal clôturait la fête. Six musiciens remplacèrent les Raoul's. On débarrassa la salle des sièges qui l'encombraient.

Des amoureux commencèrent à tournoyer dans la boutique de Gustave et sur le quai illuminé. De vieux ménages se lançaient étourdiment au milieu du tourbillon, tandis qu'à la terrasse de l'Hôtel *du Nord* un groupe de braillards marquait la mesure. Après chaque danse, des couples allaient prendre le frais dans l'ombre du square; des valseurs revenaient à leur table et demandaient à boire.

Soudain on entendit une pétarade. En face, sur le pont-tournant, Raoul tirait le feu d'artifice; alternativement, une fusée, un soleil, éclaboussaient le ciel. Au bout d'un quart d'heure, il alluma des feux de Bengale; une lueur d'incendie se refléta dans l'eau sombre, s'étendit, lécha les murs de l'Hôtel *du Nord*, les terrasses grouillantes de consommateurs...

Peu à peu, les couples se firent plus rares. Seules, des danseuses enragées, comme Raymonde et Fernande, continuaient à tourner. Parfois, le bruit d'un pétard ou une plaisanterie de Raoul ranimait

157

la fête. Enfin l'orchestre cessa de jouer. C'était fini.

Lecouvreur souffla. Il était abruti de fatigue mais content. En avait-il vendu des litres de bière et de limonade!

Sur le quai, régnait le silence... Lecouvreur, dans son bureau, s'attardait seul à faire ses comptes : 596, autant dire 600 francs de gagnés grâce aux Farges.

XXVII

Jeanne poussa la porte du réduit triangulaire où les Lecouvreur logeaient leur bonne et le masque attentif qu'elle se donnait devant ses patrons tomba. Elle lança son tablier dans un coin, bâilla et s'étendit sur le lit.

Elle avait un visage cotonneux et bouffi de jeune campagnarde, de grands yeux vides sous des sourcils clairsemés, des lèvres molles. Elle débordait de santé; ses bras aux lourdes attaches pendaient hors du lit. Elle était vêtue d'une jupe trop courte et d'un caraco qui lui donnait une tournure niaise; elle portait des bas de coton, des pantoufles orange qui se balançaient à ses pieds.

Sous le traversin, elle prit un paquet de cigarettes. Elle apprenait à fumer comme Fernande. Le soir tombait. Elle tira quelques bouffées, soupira, fixa des yeux la fenêtre où, comme sur un écran, tournoyaient ses souvenirs.

... Elle avait quitté l'Alsace pour venir se placer

à Paris, chez un pasteur. Ses premières joies datè-
rent du moment où elle suivit un cours de français.
Pour aller à l'école, elle traversait des rues grouillantes; au passage, des inconnus lui disaient :
« Bonsoir, belle gosse. » Elle s'arrêtait, musardait
et rentrait tard chez son maître dont les reproches
lui bourdonnaient encore aux oreilles.

Heureusement, elle avait trouvé une autre
place.

Depuis deux mois, elle travaillait à l'Hôtel *du
Nord*. Ses patrons ne lui faisaient jamais de reproches.

« Je crois que nous avons déniché l'oiseau rare,
disait Louise. » Le 14 juillet on l'avait laissée libre.
« Allez vous amuser, Jeanne! »

Réjouissances trop nouvelles, trop proches, pour
qu'elle les eût oubliées. Elle entendait encore la
voix de Gustave : « En avant, la musique! »
Aussitôt, un jeune homme l'avait invitée et elle
était entrée dans la ronde. A Paris, on ne dansait
pas comme chez elle; les hommes vous écrasaient
contre eux, vous frôlaient le visage de leurs lèvres
qui murmuraient des compliments. « Vous êtes
belle. On ferait des folies avec vous », lui soufflait
Cisterino, un colonial en congé de convalescence.
Il se penchait sur elle. Jeanne sentait encore l'haleine de son galant l'effleurer comme un baiser...

Elle se tourna sur le lit, oppressée. Elle alluma
l'électricité, s'empara d'une glace et se regarda

mélancoliquement. De vagues désirs la trou-
blaient.

Un matin, Cisterino revint à l'improviste dans sa
chambre. Jeanne s'y trouvait.

– Bonjour, belle enfant!... Je ne vous vois plus
depuis quelque temps.

Il avait une voix chaude et mâle qui surprenait
les femmes comme une caresse. Jeanne baissa la
tête, une incompréhensible timidité la paralysait.

– Vous m'oubliez, continua-t-il. Il passa un
doigt sur la table. Quelle poussière! Si je me
plaignais à la patronne?

– Monsieur Cisterino!...

– Je dis ça pour rire, ma petite. Je veux pas
vous faire des ennuis.

Ils étaient l'un près de l'autre. Jeanne admirait
l'uniforme de Cisterino, sa prestance, son visage
martial dont l'expression s'alanguissait lorsqu'il
posait les yeux sur elle.

– Quel grade? demanda-t-elle en désignant un
galon de laine.

– Sergent! Il donna une chiquenaude à sa
médaille coloniale. « Je vas vous montrer des
photos de mes campagnes, hein?... »

Il poussa la porte et prit une cantine qu'il ouvrit
toute grande sur le lit. Il fouillait avec nervosité
dans un tas de paperasses. Jeanne se penchait sur
lui, alléchée.

Elle s'approcha davantage. « Vous trouvez pas? »

Il se retourna soudainement et la renversa sur le lit. Elle eut un gémissement qu'il étouffa de baisers...

Tandis que Jeanne reprenait conscience, il rajusta ses vêtements en sifflotant une sonnerie militaire et vint s'accouder à la fenêtre. Elle ouvrit les yeux. Il revenait vers elle... Elle poussa un cri, sauta du lit et s'enfuit.

Elle dégringola l'escalier, traversa la boutique où on l'attendait pour déjeuner et courut se cacher au fond de la cuisine. Louise la rejoignit.

— Madame... Madame... Cisterino!

Louise la prit dans ses bras : « Qu'est-ce qu'il vous a fait? »

— Il m'a enfermée dans sa chambre... Oh! mon Dieu.

Elle se cacha le visage dans les mains.

— Emile! cria Louise. Cisterino a abusé de Jeanne... Tu vas le chasser d'ici, tout médaillé qu'il est.

Elle se pencha sur la bonne : « Fallait nous appeler, crier au secours! »

Jeanne sanglotait et ne répondit rien. Lecouvreur, qui était monté en courant à la chambre du colonial, reparut.

— Ne pleurez plus. Il s'en va. Puis après une

hésitation : Faudrait peut-être... voir un médecin?

– Ah, toi, tout de même, n'exagère pas, fit Louise. Allons, Jeanne, recoiffez-vous et venez manger.

On se mit à table. Louise, distraitement, caressait Badour. Lecouvreur se tournait sur sa chaise et cherchait en vain à rompre le silence, tandis que Jeanne, le regard fixe, le nez sur son assiette, se forçait à manger un peu.

Le repas terminé, Jeanne se réfugia à la cuisine où elle resta jusqu'au soir à rouler ses pensées.

– Voyons, faut aller vous coucher, lui conseilla Louise.

Elle s'essuya les yeux et suivit la patronne dans la boutique. Des jeunes gens, mis au courant par Lecouvreur, la reluquèrent.

– Jeanne, dit une voix.

– Le premier qui lui fait des propositions, cria Louise, je le fous dehors!

Elle la prit par le bras. Elles montèrent en silence. Jeanne trébuchait à chaque marche et se laissa traîner jusqu'à sa chambre. Louise ne savait que lui dire. Trois ans d'hôtel l'avaient inclinée à accepter la vie avec résignation.

XXVIII

Vêtu d'un costume de velours bleu qui l'endimanchait, Mimar entra dans la boutique.

Pluche s'exclama : « Déjà de retour! »

— Il paraît, dit Mimar. Il posa sa valise, serra la main aux copains.

— Et ta mariée? fit une voix. Tu l'as déjà perdue?

— ... Allons, Lucie. Arrive! On te mangera pas.

Mme Mimar s'avança. C'était une petite noiraude, avec des yeux vifs et doux dans un visage peureux. Elle portait un « costume tailleur » sombre et démodé.

— Tu tombes à pic, Lucie, reprit Mimar. Tous les copains sont présents : voilà Pluche, un Marseillais; le père Louis, Kenel, Pélican, l'as des pêcheurs à la ligne; Bernard, Maltaverne, la crème des sergents de ville. Voici le patron et la patronne...

Madame Lecouvreur, je vous présente ma femme.

— Enchantée, fit Louise. Elle tendit la main. « J'espère que vous vous plairez chez nous. »

— Oh! oui, balbutia Lucie que tout ce monde intimidait. Elle s'accrocha au bras de son mari et regarda autour d'elle.

— Je paie une tournée, cria Mimar. Lucie, un petit quinquina?

On but à la santé des nouveaux époux. Appuyé sur le zinc, le mégot au coin de la bouche, Mimar parla du « gueuleton » qui avait suivi le mariage.

Pluche, en ricanant, posa la question qui était sur toutes les lèvres.

— Et la nuit de noces?

Le visage de la jeune femme s'empourpra.

— Sacré Marius! s'écria Mimar. Il vida son verre. « On vous laisse... Viens, Lucie! »

— Une petite femme sérieuse, dit Louise, dès qu'ils eurent disparu. Elle fronça les sourcils. — Où ce coureur de Mimar a-t-il déniché ça?

— C'est une cousine, expliqua le père Louis. Paraît qu'elle a de l'argent...

... Mimar ayant ouvert la porte de sa chambre, Lucie eut un cri d'étonnement : « Comme c'est petit! »

— T'es plus à la campagne, fit-il avec humeur.

Il s'assit et alluma une cigarette. Lucie tourna dans la chambre, se pencha à la fenêtre.

— Tiens, dit-elle amusée, des chevaux... Ceux de ton ami le camionneur? Oui? Tu connais tout le monde ici.

— Dame! Depuis sept ans que j'habite l'hôtel! T'y resteras pas si longtemps. On parle d'exproprier la maison.

Lucie ouvrit les valises et commença à s'installer tout en bavardant.

— On a de bons voisins? Y a-t-il beaucoup de femmes dans l'hôtel?

— Tu m'en demandes trop... Te fatigue pas comme ça, Lucie.

Elle se haussait sur la pointe des pieds pour ranger du linge en haut de l'armoire. « Je suis trop petite. » Elle éclata de rire.

— Je vas t'aider.

Il s'approcha d'elle, l'enleva brusquement dans ses bras et la jeta sur le lit.

Elle balbutia : « Non, pas maintenant, Pierre... »

Le sommier craqua, et, l'espace d'une seconde, Mimar se rappela toutes les femmes qui avaient couché là. « J'aurai quelqu'un pour me servir, pensa-t-il... »

Le lendemain, il retourna à son travail. Dès lors, les jours se ressemblèrent. Quand Mimar était de

« nuit », Lucie avait peur. Elle songeait au passé de Pierre qu'elle ignorait. Elle entendait des rires, des claquements de porte; ces promiscuités la gênaient.

Quand Mimar était de « jour », elle restait seule jusqu'au soir. Le matin, levée la première, elle préparait le « panier » de son mari. Puis, vers dix heures, elle allait au marché. La bousculade de la rue, les voitures, l'étourdissaient. Elle n'avait de plaisir qu'à vivre dans sa chambre ou à bavarder avec la patronne.

Louise la mettait au courant des usages de l'hôtel, lui indiquait des commerçants honnêtes, des magasins où l'on offrait des « primes ». Elle l'engageait gentiment à sortir. « Faut pas toujours rester à votre fenêtre si vous voulez connaître la capitale. Allez aux Buttes-Chaumont avec Badour. »

Mais Lucie, les bras ramenés sur la poitrine, ne bougeait pas de sa chaise.

— Quand on débarque à Paris, continuait Louise, les premiers temps, on fatigue. Puis ça passe. Regardez, moi, je n'arrête jamais!

— Oh! vous, vous êtes une vieille Parisienne...

Un client arrivait. Lucie regagnait sa chambre. La journée passait vite; quand Mimar rentrait, il n'avait qu'à s'attabler devant la soupe fumante et Lucie s'amusait de son appétit.

Chaque samedi, Mimar descendait faire sa

manille. Lucie, à ses côtés, sur la banquette, le regardait jouer sans rien comprendre. Mais elle battait des mains lorsqu'il gagnait. Elle buvait une gorgée au verre de son mari et souriait malicieusement.

Le dimanche, Mimar faisait la grasse matinée. Ce jour-là, l'hôtel avait une physionomie particulière. Jusqu'à neuf heures, les couloirs étaient silencieux. Lucie partait au marché avec ses voisines. Quand elle rentrait, elle trouvait Mimar en train de se raser. Elle lui faisait la surprise d'un bon déjeuner.

Mimar descendait prendre son « jus » dans la boutique et elle ne le revoyait pas jusqu'à trois heures. Il avait accepté de faire une « manoche », rien qu'une! Lucie se mettait à la fenêtre, suivait des yeux les couples qui se promenaient le long du canal. Quand Mimar, enfin, remontait, « Pierre, proposait-elle, nous devrions aller faire un tour nous aussi. »

Ils n'allaient jamais bien loin. Ils longeaient le quai de Jemmapes. Le soleil couchant dorait les tas de sable, les sacs de ciment, les montagnes de meulière. Ils arrivaient place Jean-Jaurès, s'accoudaient à une balustrade et contemplaient l'eau. Lucie avait retrouvé sa gaieté. « Pierre, tu te souviens, chez nous, la Meuse est plus claire... »

Il enfonçait les mains dans ses poches. « Viens. »

S'ils rencontraient un copain, la promenade finissait au café.

Ces soirs-là, en rentrant, Lucie déclarait :

— Nous devrions aller une journée à la campagne.

— Penses-tu, se récriait Pierre, on a trop de mal à joindre les deux bouts.

Lucie se taisait. Mais un jour, elle insista :

— Pierre, écoute... je t'en prie... ça me ferait du bien. Elle ajouta tout à coup : « Je m'ennuie. »

— Une lubie! fit-il, bourru. Qu'est-ce que t'as?

Il la regarda. Elle avait les yeux cernés, les lèvres pâles; depuis le début de l'hiver, elle toussait. « Le changement d'air », se dit-il. Il l'embrassa. « Allons, ma petite, c'est convenu : au printemps, nous irons nous balader. »

Lucie trouva un logement vacant, « chambre et cuisine », rue des Ecluses-Saint-Martin. Avec ses économies, elle acheta des meubles, un lit de milieu, une armoire, des chaises; elle coupa des étoffes, plissa des rideaux, se démena jusqu'au soir où les copains vinrent pendre la crémaillère.

La chambre donnait sur de grands murs tristes; jour et nuit une odeur de vaisselle empoisonnait la courette. De sa fenêtre, Lucie voyait des cheminées, un coin de ciel couleur de suie; malgré son bonheur d'être « dans ses meubles », elle se rappelait la belle vue qu'on avait à l'Hôtel *du Nord*.

La bonne humeur de Louise lui manquait. Son installation était terminée et maintenant les journées lui semblaient épuisantes et vides.

Mimar, lui, s'était vite fait à ce changement dans ses habitudes; d'ailleurs, de temps à autre, il invitait des anciens copains de l'hôtel, comme le père Louis ou Pélican, à venir casser la croûte à la maison.

Un soir, il fit irruption chez Lecouvreur.

– Ma femme vient d'entrer à Saint-Louis, annonça-t-il.

– A l'hôpital! dit Louise, le cœur serré. Qu'est-ce qu'elle a?

– On ne sait pas... Elle tousse.

– Ça sera rien, assura Pluche... Tu joues au zanzi?

Le jeudi, Louise se rendit à l'hôpital. Elle se rappelait Ladevèze, l'homme au parapluie! Elle trouva Mme Mimar couchée dans une grande salle en compagnie de malades qui toussaillaient.

– C'est gentil! s'écria Lucie. Je m'ennuyais tant.

Elle s'essoufflait en parlant : « Le docteur dit que ça ne sera rien, vous savez... »

Louise fit effort pour cacher son trouble. « Mieux vaut passer l'hiver à vous dorloter. Au printemps, vous serez guérie... »

Lucie étendit ses bras sur le drap et resta rêveuse.

Louise revint souvent. Elle apportait toujours une gourmandise avec elle; des locataires l'accompagnaient parfois. On bavardait un moment. Louise parlait des bêtises de Pluche, des amours de sa bonne. Lucie écoutait; ces récits lui rappelaient les premiers mois de son mariage. Soudain sa toux la secouait et elle crachait dans un petit vase. Elle s'excusait. « Ça dégage », répondait Louise qui se levait pour arranger les couvertures.

En rentrant à l'hôtel, elle confiait à son mari :

« Si tu voyais comme elle est maigrie, Emile. Y en a plus d'elle... Elle passera pas l'hiver. »

Au bout du quatrième mois, Lucie voulut quitter l'hôpital et revenir rue des Ecluses-Saint-Martin. « Le changement va me guérir », disait-elle.

Louise venait la voir tous les jours. Elle mettait de l'ordre dans la chambre, sur la table de nuit encombrée de médicaments. Etendue dans son lit, Lucie la regardait faire; un sourire d'amitié éclairait son visage fiévreux. Elle demandait qu'on ouvrît la fenêtre toute grande. Le printemps commençait, un rayon de soleil plongeait dans la courette et Lucie, pour le voir, se soulevait sur son oreiller. Vers sept heures, Mimar arrivait. Louise cédait la place.

« Bonne nuit. Soyez sage! » criait-elle de la porte.

Lucie mourut un vendredi matin. Ce fut Louise

qui l'ensevelit. Les locataires de l'Hôtel *du Nord* avaient offert une couronne et comme l'enterrement eut lieu le dimanche, la plupart suivirent le convoi jusqu'au cimetière de Pantin.

Une semaine après, Mimar « bazarda » ses meubles et revint loger à l'Hôtel *du Nord*.

XXIX

Chaque matin, en balayant le trottoir devant l'hôtel, Louise guettait l'arrivée du facteur.

« Y a-t-il du courrier! » criait-elle, du plus loin qu'elle l'apercevait.

Le facteur entrait dans la boutique où l'attendait un café. Un œil sur son verre, l'autre sur sa sacoche, il distribuait le courrier. « M. Kenel, M. Bernard, Bénitaud, Hez... Herzkovitz (vous en avez de drôles de noms ici), Henry. »

– Henry a quitté l'hôtel.

– Bon.

Fourrant l'enveloppe dans sa sacoche il s'en allait.

Louise étalait les lettres sur une table et les classait par étage. Bénitaud, un nouveau venu était celui qui recevait le plus de correspondance. On lui écrivait de partout, du fond de la France ou de l'étranger. « Vous ne vous plaindrez pas de manquer de nouvelles, lui disait-elle. »

Il répondait par un grognement, ramassait ses lettres, ses imprimés et montait dans sa chambre.

« Quel ours! » pensait Louise. Bénitaud piquait sa curiosité. Un drôle de personnage, sans profession définie. Il portait une cravate Lavallière, un costume de velours sombre, une paire de bottes comme un chasseur, un feutre à larges bords qui lui cachait le visage. Il s'absentait chaque semaine, un jour, deux jours, puis rentrait, soucieux, sans dire un mot de son absence. Il ne faisait jamais rien comme tout le monde!

Un matin, dans le courrier de Bénitaud, Louise vit une lettre dont l'enveloppe était aux trois quarts décollée. Elle la tourna entre ses doigts, essaya de lire par transparence. Après un instant d'hésitation, elle alla se réfugier dans sa cuisine, décacheta la lettre et lut : « Rendez-vous chez moi, samedi soir – Carlo. »

« Il faut bien savoir à qui on a à faire », grommela-t-elle en manière d'excuse. Elle recolla l'enveloppe tant bien que mal. Carlo, c'était ce grand flandrin d'étranger, un Italien? qui demandait sans cesse à monter chez Bénitaud.

Avant de confier ses craintes à son mari, Louise décida une visite dans la chambre de son locataire. Il gardait toujours sa clef, ce qui n'était pas bon signe, mais elle avait un passe-partout.

Le cœur lui battit lorsqu'elle entra chez Bénitaud. Quai de Jemmapes, on ne parlait plus que de l'homme-coupé-en-morceaux, un inconnu dont on avait repêché les membres dans le canal.

Elle fut surprise de l'ordre qui régnait partout : le lit fait, les chaises à leur place; la table était chargée de livres, des photographies étaient épinglées au mur. Elle lut des noms : Lénine, Jaurès. Elle se pencha sur la table, ouvrit un bouquin au hasard : *Le Capital*. Elle fit la moue et fouilla dans les papiers : des brochures socialistes, des numéros de *L'Humanité*, de *L'Avant-Garde*.

« J'y suis, c'est un meneur! » Elle haussa les épaules. « J'aurais dû deviner ça. »

Elle s'expliquait les déplacements de Bénitaud, ses fréquentations, les nombreuses lettres qu'il recevait. Un type qui faisait de la politique! C'était son affaire, après tout. Elle n'avait pas à mettre le nez dans ces histoires-là!

Peu de jours après, Bénitaud tomba malade; une forte fièvre le cloua au lit. Louise le soigna et fit sa chambre.

— Ne touchez pas à ces papiers-là, lui cria-t-il un matin.

Elle n'attachait pas une grande importance à des brochures graisseuses ou à des coupures de journaux. Il se dressa sur son lit. « Vous verrez ce qu'il en sortira bientôt! »

— Quand ça?

— Le premier mai.

– Vous n'allez tout de même pas mettre Paris à feu et à sang?

– Laissez-nous faire...

Il s'embarqua dans un long discours auquel Louise n'entendit pas grand-chose. En tout cas, son client parlait bien. Il avait de l'instruction!

Elle ne put tenir sa langue et lorsque Bénitaud, guéri, revint prendre son courrier dans la boutique, tous le regardaient avec curiosité, sympathie et admiration. Pluche, qui était syndiqué, se crut autorisé à lier aussitôt connaissance.

– C'est pas vous qu'avez fait un discours, à la Grange-aux-Belles, en faveur des cuisiniers?

– Non.

– Ça m'étonne... Je croyais bien vous avoir vu dans un métingue.

– Possible, camarade...

La boutique était pleine de clients. « Vous faites le premier mai, les gars? » demanda-t-il.

Pluche répondit affirmativement pour tous.

Il venait de composer une recette, en vers, où ses idées de vieux militant s'unissaient à des conseils de cuisinier. Il cria : « Je réclame le silence, citoyens! » Et il commença son morceau. « L'escalope liégeoise » qu'on appelait « viennoise » avant la guerre.

Pauvre escalope, tu en vois de cruelles.
Le Nationalisme nous en fait de belles...

Bénitaud n'en écouta pas davantage. Il s'esquiva.

Le premier mai, Lecouvreur se leva à six heures, comme tous les jours. Louise, déjà habillée, tournait nerveusement dans sa cuisine.

— Emile, ça va chauffer, dit-elle; on devrait laisser fermé. Si tu avais entendu le discours de Bénitaud, hier, à l'apéritif...

Son mari ricanait. « Peuh! ce sera comme les autres années, un coup de commerce. J'ai bien fait de commander un tonneau de bière et des casse-croûte. »

Il alla ouvrir la boutique. « Oh! Oh! » dit-il, étonné. Des agents descendaient d'un autocar; d'autres étaient déjà groupés autour du poste-vigie. Plus haut, un détachement de gardes à cheval formait le piquet.

Il fourra les mains dans ses poches et rentra chez lui. Il se heurta à Bénitaud qui sortait, un gourdin à la main.

— C'est le grand jour! lui cria Lecouvreur.

— De quoi te mêles-tu, grogna Louise. Rince tes verres.

Un à un, les locataires descendirent. Plantés devant la porte, ils dénombraient ironiquement les « grosses légumes » et les « flics ».

Des agents cyclistes arrivaient par pelotons. Pluche braille :

– Voilà les vaches à roulettes!

Louise le fit taire. Elle alla sur le quai où le travail avait cessé. Elle regarda défiler les chômeurs, des hommes débraillés et gueulards, coiffés de casquettes, une églantine à leur boutonnière, des maçons, des terrassiers, des chauffeurs de taxi. Les commerçants fermaient leur boutique. L'arrivée du préfet de police et de son état-major rassura Louise.

Elle rentra à l'hôtel. Lecouvreur faisait de bonnes affaires avec les grévistes et aussi avec la troupe qui envoyait des hommes au ravitaillement.

Soudain, vers midi, l'heure de la sortie du meeting, un coup de sifflet strident déchira l'air et les agents partirent au pas de course.

– Emile, ferme vite! cria Louise.

Lecouvreur se campa sur le pas de la porte et attendit les événements. On chantait *L'Internationale*. La rumeur grandissait. Bientôt, comme des feuilles mortes chassées par le vent, des manifestants descendirent la rue de la Grange-aux-Belles. Ils trouvèrent le pont barré, tournèrent à droite et se heurtèrent aux agents.

Lecouvreur n'eut pas le temps de mettre les volets. La bagarre éclata. Louise courut se cacher au fond de sa cuisine. Un gros caillou frappa la devanture et des éclats de verre tombèrent dans la boutique. Lecouvreur, hors de lui, ouvrait déjà la porte, mais Pluche l'attrapa par le bras. « Vous allez vous faire casser la gueule, nom de... »

Un bruit de galopade couvrit sa voix. Il y eut des hurlements et le claquement sec de quelques coups de revolver. Puis le silence... Les clients de l'hôtel se risquèrent dehors, les gardes à cheval restaient maîtres du terrain.

Louise sortit de sa cachette. « C'est du beau, leur premier mai », dit-elle d'une voix tremblante d'effroi et de colère. « Faudrait coffrer tous les meneurs. » Et, tournée vers les clients : « Votre Bénitaud en tête! »

Mais personne ne lui répondit. Elle alla prendre son balai, puis, tout en marmottant, ramassa les morceaux de verre.

... Des patrouilles parcouraient le quai.

A la terrasse, Pluche et ses amis discutaient devant leur apéritif. Vers la tombée de la nuit, Bénitaud, coiffé de travers, un œil poché, la mine hagarde, arriva en coup de vent.

– Vous êtes content de votre journée! cria Louise.

On se pressait autour de lui pour avoir des nouvelles. Il écarta tout le monde d'un geste rude et impatient. « Patron, mon compte! En vitesse. »

XXX

Les aboiements de Badour éveillèrent Lecouvreur qui faisait sa sieste. Il se frotta les yeux et vit une femme entrer dans la boutique.

— Qu'est-ce que c'est? demanda-t-il.

— Vous n'auriez pas une chambre de libre?

Il la regarda : une belle fille, habillée de façon cossue.

— J'en ai une, dit-il, mais voilà... je l'ai promise.

— Oh! comme c'est ennuyeux.

Elle lança une œillade à Lecouvreur qu'elle voyait hésitant.

— Est-ce que ça ne pourrait pas s'arranger, patron?

— Oui, décida-t-il brusquement.

Il prit une clef et ils montèrent visiter le N° 4. La chambre était claire, confortable.

— Ça vous plaît, mademoiselle?

— Beaucoup.

Et, familière :

– Ne m'appelez pas Mademoiselle, c'est plus de mon âge. Appelez-moi Denise, comme au théâtre.

Elle s'assit sur le lit :

– Un bon plumard... Pour moi, c'est l'essentiel.

Lecouvreur souleva un coin du matelas.

– Voyez, c'est tout laine.

Il cherchait un moyen de prolonger ce tête-à-tête. Toutefois, comme Denise ôtait déjà son manteau :

– Allons, je vous laisse, dit-il.

Il travailla un peu, mais il avait l'esprit ailleurs. Il pensait : « Qu'est-ce que Louise va me conter. » Dès qu'elle fut revenue, il la mit au courant.

– Comment! Tu as loué le quatre! se récria-t-elle. Je l'avais promis.

– Je ne me rappelais plus.

Il ajouta, tout guilleret :

– J'ai trouvé quelqu'un de bien, une actrice.

– Encore! Tu n'as pas perdu assez d'argent avec les Farges!

– Chut. Chut...

Denise poussait la porte. Quelques clients étaient dans la boutique. « Bonsoir la compagnie », fit-elle, à la cantonade.

« Qu'est-ce que c'est que ça? » marmonna Louise, offusquée.

Denise portait une robe tapageuse sur laquelle pendait un collier de perles; ses bas de soie couleur chair, ses souliers mordorés tiraient l'œil. Elle se regarda dans sa petite glace en faisant des mines, tapota ses cheveux blonds – des cheveux teints, se disait Louise – se poudra, et, après un dernier coup d'œil satisfait : « Patron, que me conseillez-vous pour me rafraîchir? »

Flatté, Lecouvreur regarda ses apéritifs et proposa :

– Une menthe? Un byrrh? Il se creusait la tête. Une gentiane à l'eau?

– Si vous voulez.

Denise s'éventait avec son mouchoir et poussait de gros soupirs. Des jeunes gens lorgnaient de son côté.

– Il fait lourd, déclara Bernard.

– Je vous crois, répondit-elle.

– On serait mieux à poil...

Elle rit et, s'approchant, se mit à bavarder. Elle était danseuse; elle travaillait en province. Bernard lui offrit un apéritif; elle accepta sans façon.

– Emile, c'est ça ton actrice? ricana Louise, lorsque Denise fut sortie. Veux-tu que je te dise, moi?... Eh bien! c'est une femme de maison!

– Tu vois des putains partout, protesta Lecouvreur. Il haussa les épaules, resta un moment songeur. « Et puis, ces femmes-là, ça fait marcher le commerce... »

182

Le lendemain, vers onze heures, Denise descendit dans la boutique. Elle portait un « kimono » à ramages que fermait une cordelière de soie, ses pieds étaient nus dans ses babouches sans talons qui traînaient sur le carrelage.

— Vous avez fait de jolis rêves? lui demanda Lecouvreur.

— Je rêve jamais... Vous pourrez me servir un petit déjeuner, patron?

— Ah, je n'ai plus rien à cette heure-ci... Attendez.

Il prit de l'argent dans sa caisse et sortit en courant.

Cinq minutes plus tard, Denise était attablée devant un bol de chocolat. Lecouvreur s'assit à côté d'elle. Elle surprit le regard qu'il coulait vers sa gorge et fit le geste de mieux clore son peignoir.

— Vous allez vous plaire, ici? demanda-t-il à voix basse.

Elle cligna de l'œil et, tout en grignotant sa brioche :

— Jusqu'à présent, je n'ai pas à me plaindre d'être descendue chez vous.

Denise s'absenta tout l'après-midi, mais rentra pour l'apéritif. Ses amis de la veille l'invitèrent à leur table. « Ça vous crève de courir les magasins », dit-elle. Elle étendit ses jambes sur la banquette et agita sa robe comme pour s'éventer.

« Quelles manières! », ronchonna Louise. Tout l'irritait dans sa nouvelle locataire. Elle s'approcha de son mari. « Tu sais, ta danseuse, si elle prend notre maison pour un bordel, je la fous dehors illico. »

Lecouvreur regarda sa femme de travers.

« Laisse-la tranquille. Elle fait pas de mal. »

Au bout d'une semaine, Denise avait mis l'hôtel sens dessus dessous. On ne jouait plus au zanzi ni à la manille, on ne parlait plus politique. On entourait Denise, on cherchait à lui plaire, on se disputait l'honneur de lui offrir l'apéritif. Lorsqu'elle était absente, vite on courait interroger la patronne.

« Vous avez tous le feu au derrière », répondait Louise. Elle savait à quoi s'en tenir sur sa cliente; elle avait fait la « visite » de sa chambre et, quand elle entendait vanter son talent de danseuse, elle ricanait. Même son mari qui gobait les balivernes de cette coureuse et qui la soutenait à tout propos!

Un soir, Denise arriva accompagnée d'un jeune homme qui rappelait certains camionneurs de Latouche. Il avait leur désinvolture, les moustaches coupées à l'américaine, le regard hardi; comme eux il était coiffé d'une casquette, mais sa cravate, ses chaussettes de soie, parfaitement assorties à la nuance de son costume, rehaussaient sa tournure.

Denise se suspendait à son bras. Elle le présenta : « Mon ami. » Il y eut un froid, mais le nouveau venu offrit une tournée qui lui gagna les sympathies.

L'arrivée de ce blanc-bec faisait évanouir bien des espérances. Lecouvreur servait tout le monde en rechignant.

— Mon ami couchera chez moi, annonça Denise.

— Non! fit-il, sans lever le nez.

Elle le regarda, stupéfaite, puis éclata de rire.

— Quoi donc? Vous voulez me faire marcher, patron?

— Pas du tout. Le 4, c'est une chambre pour personne seule. Et cherchant cette fois l'appui de sa femme. « N'est-ce pas, Louise? »

— Bon, ça va, dit Denise vexée. Elle vida son verre. « D'ailleurs, Gaston m'a trouvé un bel engagement en province. Je quitterai votre boîte vendredi... »

XXXI

Jeanne, affairée, tournait dans la chambre de Denise. Sa « grande amie » quittait l'hôtel le soir même! Ce départ l'attristait; la vie allait redevenir monotone à l'Hôtel *du Nord*. Avec des gestes soigneux, elle faisait les bagages de Denise, pliait ses robes, son linge, qu'elle caressait amoureusement. Bientôt les valises furent prêtes. Elle fit une dernière inspection.

— Tiens!... s'écria-t-elle, et ces robes que j'oubliais...

Denise secoua la tête.

— Laisse-les. Elles me plaisent plus.

Elle tira quelques bouffées de sa cigarette.

— Je te les donne. Et comme Jeanne la regardait d'un air étonné :

— T'as pas compris?

Jeanne balbutiait de reconnaissance. Ces robes! à elle!

— Tu vas pouvoir te faire belle pour tes amoureux, reprit Denise. Tu as bien un chéri dans l'hôtel, hein?... Dis-moi son nom.

– Chartron.

– Le boxeur! Hé, tu aimes les beaux gars, ma petite... Vous couchez ensemble?

– Non, répondit Jeanne, gênée.

– Ah... pourquoi?

– Je ne sais pas.

Jeanne emporta ses robes, s'enferma dans sa chambre, se déshabilla vite et les essaya une à une; il y en avait trois, de couleurs criardes, surchargées de fanfreluches. Elle tournait devant la glace, prenait les mêmes poses que sa grande amie, imitait ses gestes, ses clignements d'yeux. Elle ne s'était jamais trouvée si jolie! Elle remit ses vêtements de tous les jours à contre-cœur.

Les paroles de Denise lui bourdonnaient aux oreilles. Coucher avec Chartron... Elle ferma les yeux. Un autre homme que Cisterino! Mais autant le colonial s'était montré entreprenant, autant Chartron lui parlait avec indifférence. « Il ne m'aime pas », pensait-elle. Sa froideur la désespérait. Elle rêvait de lui. « Vous êtes belle, Jeanne... » Il l'embrassait, couvrait son corps de baisers; elle se réveillait, troublée, insatisfaite...

Soudain la porte s'ouvrit.

– Je viens te dire adieu, cria Denise. Elle se pencha sur Jeanne : Quoi, tu pleures? Essuie tes yeux... Figure-toi, j'ai rencontré Chartron. On a pris l'apéro ensemble et...

Jeanne la regardait, inquiète.

— Il t'attend chez lui, pour 8 heures. Qu'est-ce que tu dis de ça?

Jeanne se jeta au cou de son amie, le visage en feu, les lèvres tremblantes de plaisir. Une joie malicieuse animait les traits de Denise.

— Laisse-moi, ma petite. Gaston m'attend!

Jeanne tomba sur le lit, la poitrine haletante. Les conseils de sa patronne, ceux de Denise, se combattaient dans sa tête. Mais elle songeait à Raymonde, à Fernande, à tant d'autres femmes de l'hôtel qui s'amusaient. Elle en avait assez d'être traitée de « grosse pied-de-chou ». Ses désirs se réveillaient. Et Chartron n'était pas une brute comme Cisterino...

Il devait être tard. Elle quitta ses vêtements de travail. Elle regarda ses nouvelles robes, hésita, choisit la verte dont les perles brillantes la fascinaient. Elle se poudra, écrasa sur ses lèvres un bâton de rouge comme elle l'avait vu faire à Denise. Elle se contemplait dans la glace avec un mélange d'étonnement et d'orgueil. Elle ferma les yeux et murmura : « Faut qu'il m'aime. »

Dans le couloir, son assurance l'abandonna. Elle frappa un coup timide chez Chartron.

— Est-ce vous, Jeanne?

Elle défaillait. Il ouvrit la porte.

– Je pensais que Denise m'avait monté le coup.

Il la reluqua :

– Vous êtes bien nippée.

Ce compliment lui redonnait confiance. Elle s'assit. Chartron avait épinglé des photos au mur. Elle les connaissait mais feignit d'être surprise.

– C'est vous? demanda-t-elle.

Il les lui présenta une à une, avec une voix qui martelait les mots : « Ça, c'est après ma victoire sur Petit-Biquet... Knock-out en quatre rounds. » Il se tenait debout derrière elle.

– Celle-là, j'étais encore poids plume. Je l'ai en double... vous la voulez?

Elle ne répondit pas. Elle suffoquait, les paupières closes. Chartron se baissa; leurs lèvres se touchèrent.

Malheureusement, leurs amours furent de courte durée. Des engagements appelèrent Chartron en province. Avant de quitter Jeanne, il lui présenta son ami Couleau, un jeune électricien qui habitait l'hôtel. Couleau fabriquait des appareils de T.S.F.; avec l'autorisation de Lecouvreur, il avait installé un « poste » dans sa chambre, et, comme il laissait sa fenêtre ouverte, chaque soir les locataires pouvaient entendre un concert. Quand Chartron fut parti, Jeanne alla passer ses soirées chez Couleau.

Tous les métiers ont leur jargon. Le boxeur avait

le sien où les mots de « swing », « d'uppercut », revenaient sans cesse. Couleau, lui, parlait électricité; il imitait le nasillement du haut-parleur et, comme un clown, accompagnait ses explications de gestes cocasses, de roulements d'yeux.

Jeanne avait été placée, autrefois, chez des patrons qui possédaient un phonographe.

— La T. S. F., c'est la même chose, alors? demandait-elle.

— Ça se compare pas, tranchait Couleau. Si vous aimez la musique, il vous faut un appareil de T. S. F.

Jeanne buvait les paroles de Couleau. Elle lui donna 150 francs, toutes ses économies, et il promit de lui fabriquer, rien que pour elle, un « poste-bijou ». Un soir, ils tombèrent dans les bras l'un de l'autre.

Bientôt la T. S. F. ne fut plus qu'un prétexte qui favorisait leurs tête-à-tête. Lorsque Couleau rencontrait Jeanne dans le couloir, leur journée de travail terminée, il lui murmurait : « Viens chez moi, on travaillera à ton appareil. » Elle le suivait. Couleau avait ses outils sur la table, de l'ébonite, des bobines, « des résistances » comme il disait, tout ça étalé pour la frime. Au bout de cinq minutes, il lâchait ses fils, faisait fonctionner le « poste » afin que les locataires eussent leur concert, et poussait Jeanne sur le lit.

De cette façon-là, l'ouvrage n'avançait pas. « Et

mon poste ? » demandait Jeanne de temps à autre. Elle songeait, un peu dépitée, à tout ce qu'elle aurait pu s'acheter avec 150 francs. Mais le soir venu, Couleau en avait « marre » de l'électricité ! Il lui payait une garniture de peignes, un flacon d'eau de Cologne et il était si amusant, si tendre qu'elle lui pardonnait sa paresse. D'ailleurs, ils se marieraient bientôt...

Ce secret lui pesait. Elle le confia à la patronne avec une joie vaniteuse.

– Tous les hommes promettent ça, ma petite, fit Louise.

– Oui... Mais le mien est sincère, répondit Jeanne, vexée.

Elle trouvait la patronne bien incrédule, jalouse peut-être. Elle se rengorgea. Les clients tournaient autour d'elle et lui faisaient compliment de sa beauté. Les plus dégourdis, même, l'embrassaient...

Un matin, en rangeant la chambre de Couleau, elle découvrit dans la poche d'un veston une lettre de femme. La semaine précédente, son amant était sorti plusieurs soirs de suite pour aller « régler un poste ».

Elle froissa le papier et pleura. Tout le monde lui avait menti, Chartron, Couleau, la cartomancienne qui lui prédisait du bonheur...

XXXII

— Adrien est chez lui? demande à Lecouvreur
un jeune homme élégant.

— Adrien?

— C'est le nouveau locataire du 5, dit Louise à
son mari... « Montez au premier, monsieur. Il y a
une carte de visite sur la porte. »

Elle baisse la tête et reprend une maille au
chandail qu'elle tricote pour son époux. Lecouvreur est somnolent, quelques clients jouent aux
cartes. Pour un samedi soir, la boutique est bien
calme. « Les affaires ne marchent plus comme
autrefois », soupire Louise. Un bruit qui court
dans le quartier avec persistance la rend soucieuse :
des industriels auraient l'intention d'exproprier le
pâté de maisons où ils habitent.

Soudain un bruit de pas se fait entendre dans
l'escalier; la porte s'ouvre. M. Adrien entre,
accompagné de son visiteur et les deux hommes
s'accoudent au comptoir.

Adrien frappe dans ses mains : « Patron! » regarde son ami.

– Qu'est-ce que vous boirez?

– Un curaçao.

– Je vais prendre une douceur, moi aussi. Une anisette, patron!

Tout en tricotant, Louise observe son locataire. Il porte un veston qui lui moule la taille, un pantalon avec un pli au fer; une chemise et des manchettes de toile fine; un feutre. Il est chaussé d'escarpins.

Adrien a saisi son verre entre le pouce et l'index; le petit doigt en l'air, il sirote son anisette. Il se reluque dans la glace, lance un coup d'œil furtif sur les manilleurs. Il a des yeux vert pâle à fleur de tête, des sourcils blonds. Son regard rencontre celui de Louise qui baisse les paupières.

Il tire un mouchoir de soie et le presse sur ses lèvres. Il sourit.

– On n'est pas en retard, Jacques?

Son ami consulte sa « montre-bracelet », secoue la tête.

– Vous allez au théâtre? demanda Lecouvreur.

– On va au bal, répond Adrien. Il resserre le nœud de sa cravate et après un dernier regard sur la glace. « Tu viens, Jacques? » dit-il.

Louise les suit des yeux jusqu'à la porte. Elle pense aux manières de son locataire qui détonnent ici. Elle éprouve une gêne imprécise. « Il se

parfume », murmure-t-elle. Lecouvreur est re-
tombé sur sa chaise, les clients jouent toujours à la
manille. Pensive, elle reprend son ouvrage.

Pour un dimanche, M. Adrien a été matinal.
Vêtu d'un « pyjama » mauve à brandebourgs, il
prend son petit déjeuner dans la boutique. Louise
est seule avec lui.

— Eh bien! Vous êtes-vous amusé, à ce bal?
demande-t-elle.

— Beaucoup, répond laconiquement Adrien.

Il grignote son croissant. Soudain :

— Dites-moi, madame la patronne, ces jeunes
gens qui jouaient aux cartes, hier soir...

— Deux employés du métro, des garçons très
gentils.

— C'est ce que je pensais... Je les rencontre
souvent dans le couloir. Le plus grand me salue.

Il se lève, secoue les miettes tombées sur son
« pyjama ».

— A propos, je reçois une visite cet après-midi, et
je voudrais laver ma chambre.

— Mais Jeanne...

— Non, pas Jeanne. Elle est trop brouillonne.

Louise lui confie un seau, une bouteille d'eau de
Javel, un balai, et dit en riant :

— Allez vous préparer à recevoir votre bonne
amie!

« Quel maniaque! » pense-t-elle, dès qu'il a

disparu. Mais elle est contente. Faudrait que tous ses locataires soient aussi propres!

M. Adrien se donne du mal. Louise le voit plusieurs fois tirer de l'eau à la fontaine; il vient lui demander une paire de draps propres. A midi, bien vêtu, rasé de frais, parfumé, il descend. Il offre l'apéritif à Gaston et à Julien, les locataires qui l'intriguaient, lie connaissance, et les trois hommes partent ensemble au restaurant.

Adrien regagne sa chambre vers 2 heures. Un peu plus tard, un jeune homme, porteur d'un bouquet, demande l'autorisation de monter au 5.

« Ça doit être son anniversaire », se dit Louise.

M. Adrien travaille dans une confiserie. Il rentre à l'hôtel vers 7 heures, prend sa clef et gagne vivement sa chambre. Il en redescend, métamorphosé, vêtu de ce veston cintré qui fait loucher la patronne. Il boit son apéritif, puis va dîner à la *Chope des Singes*.

Le mardi et le vendredi, il reçoit la visite d'un camarade; quelquefois, celui-ci rate le dernier métro et Lecouvreur lui permet de rester coucher chez son ami. Louise ne peut que se louer de son locataire. Un homme sérieux, discret, bien élevé. Comme tous les vieux garçons, comme Pélican ou le père Louis, il semble avoir les femmes en horreur. Il ne peut souffrir près de lui la présence de Raymonde ni de Fernande. Il s'est plaint de Jeanne, de ses agaceries, lui a interdit l'entrée de sa chambre qu'il fait à fond, lui-même, le dimanche. Louise l'aide, d'ailleurs. Elle vante le bon goût de M. Adrien. « Chez lui, c'est une vraie bonbonnière. »

Elle lui a prêté un couvre-lit brodé qu'elle avait autrefois dans sa chambre, deux coussins, des rideaux roses assortis à la couleur du papier dont Adrien vient de tapisser les murs. A ses frais, il a construit une étagère sur laquelle s'empilent des livres, des journaux et des brochures : *Frou-Frou, La Culotte Rouge, La Vie Parisienne;* au-dessus de la table de nuit que décore un vase garni de fleurs artificielles, il a épinglé sa « croix de guerre », son portrait de « première communion », celui de ses parents et les photos dédicacées de ses amis : Gaston et Julien dans leur uniforme du métro, un soldat et quelques jeunes civils que domine la photo d'un garçon boucher. Des gravures de mode, une série de cartes postales représentant le « nu à travers le monde » complètent la décoration.

Depuis quelque temps, M. Adrien s'isole et semble poursuivre une idée fixe.

— Vous avez des ennuis? lui demande Louise un matin.

Il lève sur elle des yeux fatigués.

— Voyons, qu'est-ce qu'il y a?

– Rien de grave, soupire-t-il. Pour le mardi gras, il y a bal costumé à Magic-City et je voudrais trouver un déguisement original... peut-être m'habiller en gitane. Il me faudrait un sombrero, un châle, une robe rouge.

– J'ai un jupon à volants comme on les portait autrefois, propose Louise.

– Faites voir! s'écrie Adrien. Et frappé d'une idée subite :

– Mon dessus de table brodé pourrait servir de châle!

Ils se mettent à l'ouvrage, le temps presse. Louise raccourcit son jupon, le porte à la teinturière. Adrien déniche chez un fripier une petite veste en forme de « boléro ». Il est préoccupé de ses « dessous » car il désire être habillé en femme des pieds à la tête. Il achète une chemise, un jupon, des bas de soie. Il se rase les mollets et les bras. Impossible de trouver un sombrero passable. Il se résigne à louer une perruque brune et pique dessus deux fleurs de papier.

Le soir du bal il fait un dernier essayage devant Louise. Elle lui conseille de se rembourrer un peu la poitrine, de mettre des œillets rouges dans sa perruque. Elle s'amuse de la coquetterie d'Adrien. « Quant on est jeune, on est bien fou... », pense-t-elle, indulgente.

Adrien se campe devant la glace, se recule, pivote sur les hauts talons de ses souliers. Son visage est poudré à blanc, ses yeux dessinés en amande. Il fait des mines, lance une œillade à Louise qui s'écrie :

– Vous ressemblez à Carmen!

Gaston et Julien arrivent, essoufflés :

– Le taxi est en bas!

Adrien jette un dernier coup d'œil sur son travesti.

– Je suis prêt, dit-il, en ramassant les plis de sa robe.

Louise les regarde partir.

– Qui est-ce? demande Couleau qui descend l'escalier derrière elle.

– M. Adrien.

Couleau ricane, marmonne quelque chose. Louise explique :

– Il va au bal de Magic-City.

XXXIII

La mère Chardonnereau cherche du travail.

— Voulez-vous entrer à mon service comme femme de ménage? lui propose Louise.

Elle est sans bonne encore une fois; Jeanne, enceinte, vient de quitter l'hôtel. Et Louise ne veut plus de « jeunesse », c'est trop coureur.

Cette place, la mère Chardonnereau la convoite depuis longtemps.

— Ma foué, je sais pas trop, l'ouvrage est dur chez vous, répond-elle d'une voix traînante. Faut que j'en parle à mon vieux.

— Quand me donnez-vous réponse?

— Ben... après déjeuner.

Vers deux heures, le couple Chardonnereau arrive dans la boutique.

— Alors? demande Louise.

La mère Chardonnereau pousse son mari du coude.

— Parle, Polyte.

– Ma bourgeoise, dit Hippolyte, elle trouve que c'est mal payé!... Ecoutez-moi un peu, la patronne. Nous, nous sommes quatre. Au jour d'aujourd'hui, dans une famille nombreuse...

La mère Chardonnereau, les paupières baissées, les bras croisés sur le ventre, branle doucement la tête. La discussion s'éternise.

– On vous donnera 50 francs de plus et le casse-croûte, tranche Lecouvreur. Ça va?... Tope, venez boire le jus!

La mère Chardonnereau descend « travailler » vers 7 heures. Elle s'installe devant un verre de vin rouge et casse la croûte en écoutant les racontars des cochers de Latouche. L'odeur du fumier qu'ils apportent avec eux lui rappelle le pays.

– Eh bien, vous dormez? lui crie Louise.

Elle ramasse son attirail et disparaît. Le bruit de ses sabots qui résonne dans l'escalier tire du sommeil les locataires paresseux. « Voilà la mère Coup-de-Tampon! » Elle agite son trousseau de clés, ouvre les chambres une à une, et bâcle son travail. Elle balaie, « secoue les puces » aux traînards; de ses longs bras ouverts comme des cisailles, elle retourne un matelas; lave les cabinets en y lançant de grands coups d'eau à la volée. Puis s'arrête.

– S'agit pas que je me crève, grogne-t-elle, en s'asseyant sur toutes les chaises qu'elle rencontre.

Dès que les clients sont partis, elle se sent chez elle; elle peut fouiner à l'aise. Elle plante là son matériel. L'oreille tendue sur les bruits de l'escalier, elle s'attarde dans les chambres des jeunes gens, lit la correspondance, ouvre les armoires, les tables de nuit, et y fait des découvertes : fioles, cartes à jouer, peignes crasseux, souvenirs de toutes sortes qui puent le tabac, la pharmacie et la punaise écrasée. De là, elle passe chez les femmes, chez la belle Raymonde, chez Fernande. « Quelles putains », marmonne-t-elle en regardant leurs robes. Dans les tiroirs gluants : des bâtons de rouge, des flacons, des démêlures de cheveux, de la vaseline, de l'ouate... Elle ricane : « Et le reste... » Partout la même chose, du linge à ne pas toucher avec des pincettes. Elle connaît en détail les secrets de chacun. Sauf ceux de M. Adrien qui garde sa clé. Mais celui-là, elle finira bien par apprendre ce qu'il manigance et alors...

Personne ne peut la souffrir. Les clients regrettent Jeanne. Ils singent la mère Coup-de-Tampon et ses manières paysannes, sa démarche le jour où elle a bu un verre de trop. Elle se venge en sabotant son service; les pourboires deviennent rares; mais peu lui importe : elle les prélève elle-même en faisant les chambres. Et si un locataire lui fait une observation, elle descend tout droit trouver la patronne.

— On me manque de respect, glapit-elle. Vos

jeunes gens, c'est pourriture et compagnie. Moi, madame Lecouvreur, si j'étais maîtresse ici, je les foutrais tous dehors!

Mais le soir, elle déclare à son mari :

— Cet hôtel-là, c'est la maison du bon Dieu! On aurait tort de ne pas en profiter, Polyte!

Il était 10 heures du matin; Louise vaquait à ses petites affaires, Lecouvreur et Julot l'éclusier parlaient des agrandissements de la gare de l'Est. Soudain un homme au visage barbu et renfrogné entra dans la boutique.

— Servez-moi un café, commanda-t-il.

Il s'accouda au comptoir, écouta le verbiage de Julot et, dès que l'éclusier fut parti, il fit un petit signe à Lecouvreur.

— Je suis inspecteur de la sûreté, déclara-t-il en touchant son chapeau melon du bout du doigt.

— Ah..., dit Lecouvreur.

Louise avait dressé l'oreille. Elle cria :

— Qu'est-ce que c'est?

— Chut, fit l'inspecteur. Vous avez ici un certain M. Adrien?

— Oui.

— Adrien comment? Faites-moi voir votre livre de police.

Louise ouvrit le registre et tourna quelques pages. L'inspecteur sortit un calepin de sa poche, prit des notes.

– Montrez-moi la chambre de ce monsieur, commanda-t-il sèchement.

Louise lança un regard affolé à son mari qui froissait un torchon entre ses doigts. Elle tremblait en prenant son passe-partout. Ils montèrent au premier; Louise ouvrit la porte du 5.

L'inspecteur renifla.

– Ça sent une drôle d'odeur?

– On brûle du parfum... à cause des écuries de Latouche.

Il laissa tomber sur Louise un regard glacial.

– N'avez-vous jamais rien remarqué d'insolite dans la conduite de votre locataire?

– Non. C'est un garçon sérieux. Tenez, on ne lui connaît pas une maîtresse...

– Il reçoit beaucoup de visites?

– Oui... des amis.

– Et quand il reçoit, jamais d'esclandre?

Louis hésita.

– Non, répondit-elle d'un air embarrassé (après une discussion violente, Adrien venait de se brouiller avec ses amis du métro).

– Il travaille?

– Je vous crois : même qu'il a une bonne place...

– Ah! Ah!... fit l'inspecteur surpris.

Il ferma son calepin.

– Pas un mot de cette histoire, n'est-ce pas? dit-il en s'en allant.

Louise descendit, inquiète. Depuis le temps qu'ils tenaient l'Hôtel *du Nord*, jamais ils n'avaient eu la visite de la police. Elle mit Lecouvreur au courant. Puis elle s'assit. La semaine dernière, elle avait reçu une lettre anonyme : on lui écrivait que son mari « fricotait avec une cliente ».

Elle fronça les sourcils : « Y a quelqu'un qui veut nous faire des ennuis, murmura-t-elle. Faut que je me méfie. »

XXXIV

Le premier jeudi du mois, vers les 11 heures, Louise déclarait : « On va pas tarder à voir paraître le père Deborger. C'est son jour de sortie. »

Le vieux entrait dans la boutique, l'air accablé. Il était vêtu d'un uniforme bleu, terne et grossier comme une défroque militaire; il portait une casquette cirée de crasse, des brodequins ferrés.

Badour se jetait sur lui en aboyant.

— Ici, Nonô! criait Louise... Il vous reconnaît, père Deborger.

Elle lui tendit la main :

— Alors, ça va?

Le père Deborger s'appuyait sur une canne et s'asseyait avec des mouvements précautionneux. Il déboutonnait son col de chemise, soufflait, tirait de sa poche un mouchoir à carreaux et s'essuyait le front en répétant :

— Quelle trotte, bon Dieu, quelle trotte!

Louise lui servait, comme autrefois, un petit bordeaux rouge et le laissait rêvasser devant son verre.

Il buvait de temps en temps une gorgée. Tassé sur lui-même, les bras pendants, il regardait les flacons bariolés qui s'alignaient derrière le comptoir. « Encore de nouveaux apéritifs », se disait-il. La boutique était pleine de clients, quelques jeunes gens débitaient des blagues. Toujours le même remue-ménage! Seulement, lui, il ne connaissait plus personne, Dagot, Kenel, Maltaverne, Mimar, tous les manilleurs avaient quitté l'hôtel. Le mois dernier, par hasard, il avait revu Julot qui était monté en grade. Achille était mort; et Ramillon, le « merlan »...

Louise l'arrachait à sa rêverie.

— A table!

Elle avait préparé un bon repas. Le père Deborger s'asseyait près du poêle, à côté de Badour, nouait sa serviette autour de son cou, posait ses vieilles mains sur la table et regardait le patron découper la viande. Louise lui tendait le plat. Il se servait, cassait son pain en petits morceaux et, lentement, commençait à manger.

Mais bientôt, il « chipotait ».

— Buvez un coup, conseillait Lecouvreur.

Louise s'interposait :

— Ne le presse pas, toi! On a tout son temps, pas vrai, père Deborger?

Il levait sur elle ses yeux ternis, et, la bouche pleine, bredouillait :

— C'est pas à Nanterre qu'on mange comme ça...

— Reprenez de la salade.

— Là-bas, continuait-il, on est plus mal nourri que des soldats. Le vin c'est pas du vin, ni le tabac, ni rien... Il poussait un soupir. Ah! si on m'avait dit autrefois : père Deborger, vous finirez vos jours dans un asile... Heureusement, on a des jours de sortie...

Le repas terminé, Lecouvreur lui offrait une « fine », une cigarette, et il restait près du feu, bavardant avec Louise, regardant la bonne qui débarrassait la table, hasardant des questions.

— Vous n'avez plus votre femme de ménage?

Louise secouait la tête.

— Elle valait pas Renée, hein? Une bonne fille, Renée Levesque. C'était de mon temps.

Lecouvreur lui donnait une autre cigarette. Le vieux, ragaillardi, racontait alors par le menu des histoires de l'asile. Tout à coup, il jetait un coup d'œil sur la pendule. D'un geste maladroit, il prenait sa canne et sa casquette.

— S'agit pas que je rentre en retard, parce que alors... Fini les sorties!

Il resta plusieurs mois sans venir. Un jour de printemps, Louise le vit entrer dans la boutique.

– Ah... Je vous croyais mort, dit-elle.

Le père Deborger ferma les yeux.

– J'ai encore eu une attaque.

Il fit quelques pas en traînant les pieds. Ses vêtements flottaient sur son corps; son visage avait une couleur terreuse.

Louise l'aida à s'asseoir.

– Fallait nous écrire, voyons!

– Ecrire... Et les timbres.

– Je vais vous faire un déjeuner qui vous ravigotera. (Elle lui tendit le journal.) Lisez *Le Petit Parisien* en attendant.

Mais le vieux n'avait plus de lunettes. Il regarda le carrelage, la tête penchée sur l'épaule, la bouche entr'ouverte. Bientôt ses paupières battirent; il s'assoupit.

Louise l'éveilla pour l'installer à table. Elle dut lui couper sa viande.

– Forcez-vous un peu, répétait-elle.

Le vieux restait le nez sur son assiette. Il demanda à revoir son ancienne chambre.

– Vous ne la reconnaîtrez plus!

Il balbutia :

– Ça ne fait rien... ça ne fait rien.

Après le café, on le leva. Appuyé sur le bras du patron, il monta péniblement au deuxième. Lecouvreur lui ouvrit la porte du 27 et lui cria à l'oreille :

– Vous voilà chez vous!

Le père Deborger regarda le patron d'un œil inquiet.

– Je m'y retrouve plus... Le lit était là-bas. Ici, y avait une table pliante... C'était pratique. Il toucha le mur. Y a plus de papier?

– Non. C'est peint au ripolin. A cause des punaises, répondit Lecouvreur. Il lui tapa doucement sur l'épaule. Allons, venez... Ils descendirent.

– Je vous ai préparé un casse-croûte, père Deborger, dit Louise en lui fourrant un paquet dans sa poche. Elle lui glissa 10 francs dans la main, lui arrangea sa veste dont le col bâillait.

– A revoir! Et n'oubliez plus de revenir.

XXXV

Ce matin-là, le canal était accablé de soleil. Lecouvreur baissa le store, prit une chaise qu'il plaça sur le pas de la porte, alluma une cigarette et s'assit à califourchon.

Près du poste-vigie, quatre hommes regardaient vers l'Hôtel *du Nord*. « Des types de la police », se dit Lecouvreur. Ils parlaient avec animation. Au bout d'un moment, ils traversèrent la rue, s'arrêtèrent devant la cour de Latouche et l'un d'eux déplia un plan.

Lecouvreur était tout oreilles. Une pensée subite lui traversa l'esprit : l'expropriation! A force d'entendre rabâcher là-dessus, il était devenu sceptique. Et pourtant... Depuis que les lignes du chemin de fer de l'Est aboutissaient au canal, on construisait beaucoup dans le voisinage. Une société, le *Cuir Moderne*, était entrée en pourparlers avec les propriétaires de cette partie du quai de Jemmapes...

Deux hommes mesurèrent avec une chaîne d'arpenteur la distance comprise entre la rue Bichat et l'hôtel. Ils s'arrêtèrent à côté de Lecouvreur qui se leva.

— Pardon, messieurs, fit-il d'une voix hésitante, je suis le patron de l'Hôtel *du Nord*... C'est-y vrai qu'on doit m'exproprier?

L'un des deux hommes regarda la façade, fit la moue et grommela.

— On vous préviendra en temps utile.

Lecouvreur s'emporta :

— Vous croyez que je vais me laisser mettre à la porte? J'ai des intérêts...

Ses interlocuteurs lui tournèrent le dos, sans répondre. Alors il rentra précipitamment chez lui.

— Louis! Louise! cria-t-il.

Sa femme accourut.

— Qu'est-ce qui t'arrive? T'as le feu au cul!

— On va nous exproprier. Je viens d'avoir une altercation avec des architectes.

Il bégayait. Il entraîna Louise dehors.

— Regarde-les voir. Ah! mais ça n'ira pas tout seul.

Il était blême. Il ne rentra que lorsque le groupe eut traversé le pont-tournant...

Un mois passa. Lecouvreur avait presque oublié cette alerte. Un jour, à l'improviste, le propriétaire vint lui annoncer, officiellement, qu'on l'expropriait et qu'il avait vendu, lui, son terrain au *Cuir Moderne*.

Lecouvreur ricana :

— Arrangez-vous comme vous voudrez; mais moi, vous entendez, je ne partirai pas! Mon bail...

— Ecoutez-moi un instant, interrompit le propriétaire. Votre bail finit bientôt, n'est-ce pas?... Et, posément, il expliqua à Lecouvreur tous les avantages qu'il pourrait, en s'y prenant bien, retirer de cette affaire. « Que diable! s'écria-t-il enfin, ça ne vous dit rien d'être rentier?

— Ce serait bien notre tour, murmura Louise.

Lecouvreur prit conseil de son beau-frère et de quelques vieux amis. Il s'était encroûté. Autant il avait montré d'audace pour acheter son hôtel, autant il était inquiet, aujourd'hui, à la seule pensée de quitter le quai de Jemmapes. « Tout ça, Emile, c'est du sentiment », lui répondit-on. Il alla voir le gros Latouche qui se trouvait dans le même cas. « Je me laisse faire, déclara le camionneur. Ils payent le prix fort, rien à dire. Dès que j'aurai touché mon pognon, je retournerai au pays et bonsoir tout le monde! »

Lecouvreur, ballotté entre des avis contraires, finit par donner son acceptation. Quel soulagement! Mais il n'était pas au bout de ses ennuis.

— Où voulez-vous que j'aille à mon âge? » gronda Pélican, hargneux comme un chien qu'on

dérange du coin du feu. Le père Louis cria :
« Vous êtes des spéculateurs. »

Louise les apaisa, leur trouva deux chambres rue
de la Grange-aux-Belles, à l'hôtel *du Bon Coin*.

Pluche fut le seul à accepter joyeusement son
congé.

– Ça tombe bien, annonça-t-il, j'allais vous
quitter... Je vas gérer un bistrot à Montrouge.
Faut se caser, bon Diou, sur ses vieux jours !

Un dimanche, il empila ses meubles et sa batte-
rie de cuisine dans une voiture à bras, dit adieu
aux Lecouvreur, se colla entre les brancards et
démarra gaiement.

Pour les jeunes gens, tous les hôtels se valaient.
Ils partirent l'un après l'autre, indifférents, leur
valise à la main. Les ménages, empêtrés de leurs
fouillis, eurent plus de peine à se débrouiller.

– Vous pressez pas de partir, la maison est
encore solide, leur disait Louise.

Elle assistait, mélancolique, à cet exode. Elle
traînait sans but, la gorge sèche, dans les couloirs,
dans les chambres où chaque objet lui rappelait un
effort. Tout était déjà couvert de poussière. Le
bruit d'une porte qui claquait au vent la faisait
sursauter. Alors la solitude l'angoissait et elle descendait retrouver son mari.

A une table, Lecouvreur, assis, ses livres de
comptes ouverts devant lui, se livrait à des calculs.
En voyant entrer sa femme il posait son porte-

plume, ôtait ses lunettes et, pour la centième fois, disait : « On ne roulera pas sur l'or, mais on aura une petite vie tranquille. » Il ajoutait, fier de lui : « J'ai bazardé tout à l'heure une douzaine de couvertures à un youpin. »

Afin de liquider son matériel il avait mis quelques annonces dans des journaux. Il vendait ainsi, à bas prix, des bricoles, du linge, mais n'arrivait pas à trouver acheteur pour le plus gros : les chaises, les tables, les armoires... Finalement, il accepta les offres d'un brocanteur. Le lit de « milieu » du 40, les chambres de « pitchpin » du 14, du 21, du 25, les lits à boules de cuivre, les tables « tout chêne », le comptoir, qui faisaient son orgueil, celui de Louise, prirent le chemin du « Marché aux Puces ».

L'Hôtel *du Nord* fut livré à un entrepreneur de démolitions. Des ouvriers arrachèrent les fils électriques, les tuyaux de plomb, enlevèrent les portes, les fenêtres, démantibulèrent la maison pièce à pièce, comme une machine, et entassèrent le matériel dans la cour de Latouche.

Louise sortait pour les regarder travailler et soupirait.

— Allons, la patronne, disait un ouvrier, faut vous faire une raison, votre boîte, elle est vieille.

— Oh! je sais bien, répondait-elle.

Elle rentrait dans la boutique. Là aussi, tout

était en désordre, des déménageurs clouaient des caisses, vidaient les meubles. Emile avait loué, près des Buttes-Chaumont, un logement où ils couchaient chaque soir. Elle y faisait porter ses affaires, mais les détails de l'emménagement excédaient ses forces et c'était son mari qui s'occupait de leur nouvelle installation...

Un matin, l'entrepreneur lui dit qu'il ne fallait pas rester là, les ouvriers allaient attaquer la maçonnerie. Docile, elle traversa la rue, s'assit sur un banc du poste-vigie, d'où l'on voyait l'hôtel.

C'était une bâtisse en carreaux de plâtre et en vieilles charpentes. Les ouvriers, une chanson aux lèvres, armés de pics et de masses, abattaient des pans de mur qui s'écroulaient avec fracas; des plâtras tombaient dans la cour et, comme la neige, recouvraient deux camions abandonnés par Latouche.

L'escalier, les couloirs, ouvraient leurs gueules sombres. « Ils en sont au 28... Les voilà au 27 », murmurait Louise. « Tiens, les voici chez Pélican. » Elle reconnaissait chaque chambre à un détail, à la couleur d'un papier qu'elle avait choisi. L'hôtel lui apparaissait divisé en étroits compartiments, comme une ruche; elle s'étonnait que soixante personnes y eussent vécu. Elle voyait son effort des dernières années anéanti; son passé s'en allait par morceaux. Elle retrouvait des noms de locataires, des souvenirs attachés à chacun d'eux.

« Je deviens folle », balbutiait-elle. Et elle passait la main sur son front moite.

Le quatrième jour, l'entrepreneur fit attacher des cordages aux murs qui demeuraient debout. « Un, deux... » Les ouvriers, pendus aux cordes, tiraient de toutes leurs forces.

Brusquement, d'un seul coup, les murs du premier étage s'écroulèrent. Louise poussa un cri et se précipita en avant. Un nuage de poussières blanches l'aveuglait; elle trébucha sur des pierres, chercha en vain à reconnaître l'emplacement de sa chambre parmi ces ruines.

— Vous n'avez donc jamais été à la guerre, lui dit l'entrepreneur. Allez-vous-en, ma petite dame, qu'on en finisse.

Il la chassait comme une intruse. Elle s'éloigna sans répondre.

Louise dut s'habituer à son nouveau logement; les chambres étaient petites, un peu tristes. Elle s'y installa sans entrain. « Sors! au lieu de ruminer », conseillait Lecouvreur. Lui, il faisait le rentier; il allait souvent pêcher au canal et il rapportait des nouvelles du quai de Jemmapes.

— Viens avec moi, Louise, proposa-t-il un après-midi. Tu verras quels travaux ils ont faits là-bas depuis notre départ.

Elle regarda la fenêtre qu'éclairait faiblement le

soleil d'hiver. « Je veux bien. » Et, s'enveloppant les épaules d'un fichu, elle le suivit.

– Le *Cuir Moderne* construit des bureaux fantastiques, tu sais... commença Lecouvreur.

– Fiche-moi la paix avec ces gens-là.

Ils arrivèrent au coin de la rue de la Grange-aux-Belles. Lecouvreur entraîna sa femme vers le canal et ils entrèrent dans le square qu'attristaient les arbres défeuillés. On agrandissait l'écluse. Alentour, le sol était détrempé : des camions s'embourbaient et les conducteurs, en jurant, descendaient de leur siège.

– Je ne reste pas là, déclara Louise.

Ils s'assirent plus loin, bien à l'écart sur un banc. Devant eux s'étendaient les chantiers du *Cuir Moderne,* un enchevêtrement de charpentes en fer, des amas de briques, moellons, pierre de taille; deux grues projetaient leurs tentacules au-dessus de ce matériel, s'en emparaient, le balançaient dans l'air puis, avec un bruit de chaînes, le déposaient à pied d'œuvre.

Louise demeurait silencieuse. « C'est comme si l'Hôtel *du Nord* n'avait jamais existé, pensait-elle. Il n'en reste plus rien... pas même une photo. » Elle baissa les paupières. De toutes ses forces, elle chercha à se représenter son ancien domicile, les murs gris, les trois étages percés de fenêtres, et plus loin, dans le passé, le temps qu'elle n'avait pas connu, où l'hôtel n'était qu'une auberge de mariniers...

Lecouvreur se pencha vers elle :

– Qu'est-ce que tu dis de ça?

Le bras tendu il montrait l'armature du *Cuir Moderne* qui arrivait déjà à la hauteur d'un troisième étage.

1927-1928.

ŒUVRES D'EUGÈNE DABIT

PETIT-LOUIS, Gallimard, 1930.

VILLA OASIS ou LES FAUX BOURGEOIS,
Gallimard, 1932.

FAUBOURGS DE PARIS, Gallimard, 1933.

UN MORT TOUT NEUF, Gallimard, 1934.

L'ÎLE, Gallimard, 1934.

LA ZONE VERTE, Gallimard, 1935.

TRAIN DE VIES, Gallimard, 1936.

LES MAÎTRES DE LA PEINTURE ESPAGNOLE,
Gallimard, 1937.

LE MAL DE VIVRE, Gallimard, 1939.

JOURNAL INTIME, 1939. *Édition intégrale (1928-1936)*,
Gallimard, 1989.

AU PONT TOURNANT, Union Bibliophile de France, 1946.

VILLE LUMIÈRE, Le Dilettante, 1987.

Correspondance

EUGÈNE DABIT - ROGER MARTIN DU GARD. P. Bardel
éd., C.N.R.S., 1986.

Biographie

D'UN HÔTEL DU NORD L'AUTRE, EUGÈNE DABIT,
1898-1936, par P.-E. Robert B.L.F.C., 1986.